David Lodge

HOME TRUTHS

难言之隐

David Lodge

HOME TRUTHS

[英] 戴维·洛奇 著

石 鸣 译

新星出版社 NEW STAR PRESS

这部中篇小说改编自我的同名剧本。此剧1998年2月在伯明翰话剧团剧场首演,随后剧本由赛克和沃伯格出版社出版。我后来修订了部分对话,恢复了原本的台词,这些台词在本剧制作过程中由于种种原因曾一度被删去。我还改动了几处细节,增添了一些新的素材。不过本质上而言,仍旧是同一个故事。

戴维·洛奇

致莉娅

home truth：哪壶不开提哪壶，戳别人的痛处。

——《简明牛津英语词典》

1

那幢小屋孤零零地立在一条被压出深深车辙的小路尽头。这条路从主路岔了出去，通往一英里以外的村庄。开车的话，出口很容易就开过了。很难看见树篱中那个小小的、手写的木头路标——钉在一根柱子上，上面写着一个姓氏"勒德洛"，风吹雨打之下，已经褪色了；也想不到原来这里还通往一处人类栖居地。一片小山坡和一排山毛榉树把小屋和屋旁的建筑都挡住了，从路这边是看不到的。

这一片不算是苏塞克斯郡的风景区，不过是一小块略显脏乱的农业用地，坐落在从伦敦通往布莱顿和沃辛的主路旁边。这里离盖特威克机场比离南部丘陵更近。小屋本身相当有年头了，但是建筑上并没有什么特色。看起来，它最开始好像是由两个小小的、半分离的村舍组成的，住的很可能是农场工人，后来经过多次改造和装修，才脱胎换骨，变成了一处独立的现代居所。前门其实是原来的边门，铺了一条石子路以便停车。正立面很长，原来是门的地方改成了窗户，窗户下面是一个可爱的、朴实的花园，有草坪、灌木和花坛。房子背面加建了一间平房，里面设置了一个现代化厨房和一个贴满白瓷砖的淋浴间。还有一些其他的建筑物，有一个斜屋顶一样的东西，下面藏着一个小窑，还有一个小棚子，第一眼看上去像是园丁小屋，然而却是用上好的木头搭的，而且只有一个小小的方窗，嵌在门上，窗玻璃昏暗且不透明。

"你知道吗？"艾德里安说，他读着包装盒上的说明，"这包玉米片中百分之八十四的成分是碳水化合物，其中百分之八是糖。"

埃莉诺正沉浸在她的报纸中，没有答话。艾德里安拿起另一个包装盒来审读。

"全麦维牌玉米片只有百分之四十六是碳水化合物，但是其中百分之十八是糖，"他说，"是百分之四十六的百分之十八更健康呢，还是百分之八十四的百分之八更健康？"

埃莉诺仍旧没有回答。艾德里安看起来既不纳闷,也不生气。他又拿起一包玉米片。"麦丝卷牌看起来是最好的。百分之六十七是碳水化合物,其中只有不到百分之一是糖,而且没有盐,我想这就是他家的玉米片味同嚼蜡的原因。"他往碗里倒了一些麦丝卷牌玉米片,又倒了一些半脱脂牛奶。

此刻是1997年夏天一个星期天的早上九点钟。艾德里安和埃莉诺·勒德洛在他们小屋的起居室里,穿着晨衣。这是一间很大、很舒适的房间。天花板低低的,房间一头是张餐桌,另一头是休息区,有一个开敞的壁炉。墙上是一排排挤得紧紧的书架,墙不直,书架看起来都向内倾斜,使得屋子看起来像是文明人的洞穴。书架上专门留了一些空,用来展示一些陶瓶、陶罐和陶碗,都像是一个模子里出来的。屋里小桌子上还有更多这样的东西。书架上还嵌了一套昂贵的高保真音响系统,这个点儿它一声不响,和塞在休息区角落的电视机一样。艾德里安坐在餐桌边。埃莉诺吃完了早餐,坐在沙发上,读着星期天的报纸。她读得有条不紊。一边放的是还没有看的报纸,分门别类,一一折叠;另一边是她已经看过的,叠得没那么整齐。她戴着一双棉手套，以防崭新的油墨沾到手上，进而把衣服弄脏。

"一部英国的新片在美国引起骚动。"她说。她在读《星期日公报》的文化版，"讲的是谢菲尔德的男脱衣舞者的故事。"

"我想美国佬大概觉得这有某种变态的异域风情，"艾德里安说，"在这儿可看不出有谁会感兴趣。艺术家们还奋力制造出了什么新闻？"

埃莉诺浏览着报页。"达米安·赫斯特展出了一个泡在福尔马林溶液里的被斩首的艺术批评家，"她说，然后又马上自己更正，"噢不，这是个玩笑。"

"现在这年头简直分不清哪些是玩笑，哪些是真的。"艾德里安说。

"皇家歌剧院的上空正在酝酿一场争端。"

"听起来全都耳熟得令人欣慰。"艾德里安说。

一架喷气式飞机从头顶上飞过。这幢小屋离盖特威克机场大约十二英里，正位于飞机的主航道下方。噪音对访客有时是一种困扰，但艾德里安和埃莉诺基本上已经充耳不闻了。

"头版有什么新闻？"艾德里安问道。

埃莉诺放下《星期日公报》，拾起《星期日前哨报》的新闻版。

"无聊得很，"她说，"主要就在讲戴安娜和多迪·法耶兹怎么度假。"

"但是上个星期讲的也是这个！"艾德里安说。

"这是终极愚蠢热点，"埃莉诺说，"一家小报为了拿到他俩在多迪的游艇上接吻的照片，付了二十五万镑。"

"花这个钱你可以买一幅相当不错的毕加索了，"艾德里安说，"小幅作品肯定买得到。"

瞥到页脚时，埃莉诺的眼睛睁圆了。"老天哪！"她惊叹道。

"怎么了？"

"我不相信。"她扔下新闻版，开始在《前哨报》还没读过的版面里翻找。

"他自问，到底发生何事，引起如此惊诧？"艾德里安吟道，他一度是一个职业小说家。"杰弗里·阿切尔宣布放弃他的爵位了吗？理查德·布兰森坐私家火车旅行了吗？还是……"

"说是《前哨报》评论版有一篇对萨姆的专访,"埃莉诺说,"范妮·塔兰特采访的。"

"啊,对的。"艾德里安说。

埃莉诺惊讶地抬起头:"你早就知道了?"

"呃,算是吧。这个叫塔兰特的女人给我打电话说过这事。"

"你没跟我提过。"

"我忘了,"艾德里安说,"你当时不在,我想。"

"她想干吗?"

"了解萨姆的相关背景。"艾德里安说。

"我希望你什么也没告诉她。"

"我跟她说,我不会在背后议论我交情最深的朋友。"

"我想也是。"埃莉诺说。她找到了《前哨报》评论版,从一大沓报纸中抽出来。"尤其是跟范妮·塔兰特。她会把萨姆生吞活剥了,当成早餐。"

艾德里安看了看一勺正要送进嘴里的麦丝卷牌玉米片。"不过,萨姆身上可没有什么糖分可嚼。"他说。

"罗伯特·迪格比-西森爵士在报上读到范妮写他的文章时哭出来了。"埃莉诺边说边翻动着评论版的报页。

"你怎么知道的？"艾德里安说。

"另一份报纸上说的。找到了。天啊，多荒唐的照片。怕是最糟糕的。看！"埃莉诺举起打开的报纸，让艾德里安也能看见那张萨姆·夏普的大幅彩印照片。"他穿了双马靴。可他又不骑马。他甚至根本就没有马。"

"这不是马靴，这是牛仔靴。"艾德里安说，"他骑越野摩托车的时候穿的。"

"越野摩托车！他什么时候才能长大？不管怎么说，照片里他也没骑摩托车，他坐在他的电脑前面，穿着牛仔靴，看起来像个傻瓜……哦天哪。哦天哪。听听这个。"埃莉诺开始大声念出文章。

"对一个在暗无天日的德特福德长大的烟草商之子来说，萨缪尔·夏普干得相当不错了。他在苏塞克斯拥有一座17世纪的农场，带壕沟，有现代化的设施，还自带网球场。他还有一百五十英亩农田。他把这些地租给附近的农民们，因为他自己没空，净忙着写那些能赚大钱的电视剧剧本了。能看得出他挺喜欢自己这个农民角色的，只不过他当农民的方式是，穿着拉尔夫·劳伦牌牛仔裤，把裤脚掖进高跟牛仔靴，在自己的产业上昂首阔步。说老实话，高跟鞋对他蛮有用的，因为他的小腿有点儿短。身材对他来说是一个敏感话题。'不管你问萨姆什么，千万不要问他的身高，'他的一个朋友说，'或者他的假发。'我到这时才知道他戴假发。"

"一个朋友！"埃莉诺说。停了一下又问："是你吗？"
"当然不是。"艾德里安说，"低糖的果酱在哪儿？"
"吃完了。"
艾德里安啧啧嘴。埃莉诺继续大声读报。

"当然，这些禁区只能让我更加好奇。我们在一起的大量时间里我都踮着脚，想探查萨缪尔·夏普的头顶，寻找假发的确凿证据。他发现这一点后，也踮起脚来，让我不能得逞。所以我俩看起来肯定很像一对芭蕾舞者在做热身运动，只不过当时没有第三个人在场见证。夏普夫人三个月前就离开了农场。谣传她与她丈夫上一部获奖电视剧《底线》的导演同居了。当我提起这一话题时，萨缪尔·夏普的口风非常紧。'劳拉和我在分居这一点上达成了共识。'

他说。顺带提一句，劳拉是他的第二任妻子。第一任几年前就已经离开了，带走了他们的两个孩子……"

"这关她什么事？或者关任何别人什么事？"埃莉诺评论道，然后继续大声读报。

"在萨缪尔·夏普的书房，首先引人注意的是这里布满了各种奖杯、奖状、资格证书，以及萨缪尔·夏普本人的媒体照片，都用相框裱了起来，就像走进了一间意大利餐馆。其次，你会注意到墙上有一面全身镜。'这是为了让房间显得空间更大。'作家这样解释。但是你忍不住猜想，还有其他原因。他的目光不住地往旁边瞟，不由自主地被这面镜子吸引过去，就连跟你讲话的时候也不例外。我去见萨缪尔·夏普时，奇怪他为什么在婚姻方面如此不走运。离开时我觉得自己知晓了答案：是男人那种令人难以忍受的自命不凡。"

埃莉诺看着艾德里安，等待着他的反应。他正在往一片冷掉的吐司上抹一层薄薄的果酱。

"有点儿尖刻。"艾德里安说。

"尖刻！这是恶毒！"埃莉诺说。她不出声地继续读了一会儿，间或发出轻声的哀叹或者压抑的窃笑，然后忍不住又说话了："哦天哪，听听这个。"

"萨缪尔·夏普的最新作品，电视电影《黑暗》的女主人公，在BBC宣传时被定位为一个'女色情狂'。我问他有没有真的遇到过女色情狂。'有，也没有，呃，这取决于你说女色情狂这个词时是在说什么。'他有点结结巴巴，'我认识有些女人，她们就非常露骨。你知道，如果我给她们一个最轻微的暗示，她们就会，但是这也很难说就一定是女色情狂……'我想他是在很巧妙地暗示，对于一个像他这样的帅小伙，实在拿不准一个普通女性熟人如此容易被推倒，到底是她们性情轻浮，还是他的性魅力太吸引人。"

埃莉诺放下报纸。"萨姆看到这个会垮掉的。"她说。
"呃，这是他自找的，可以这么说。"艾德里安说。
"你对你最好的朋友并没有什么同情心。"埃莉诺说。

"我说的是,'交情最久的朋友'。"

"那谁是你最好的朋友?"

艾德里安想了一会儿:"是你。"

埃莉诺并没有被这个表白打动:"除我之外。"

"我觉得我并没有这样的朋友,"艾德里安说,"很遗憾,这个概念不属于中年人。"

今年早些时候,艾德里安庆祝了他的五十岁生日。埃莉诺比他年轻几岁。差不多三十年前,他们是同一所地方大学的学生,和萨姆·夏普是同学。他俩都老得相当优雅。艾德里安又高又瘦,微微有些驼背,一头浓密的银灰色头发长长地盖过了他的耳朵和脖子。埃莉诺仍旧是一个很好看的妇人,即便是在早晨的这个钟点,还没有梳洗打扮,看起来也相当赏心悦目。她有一头云一样的漂亮鬈发,发色小心地染过,簇拥着一张圆圆的、保养得很好的脸庞,棕色眼睛大大的,嘴和下巴宽宽的。她牙齿没掉,身材也没走形。

就在那时,他们听到了一辆车开上小屋外面碎石车道的声音。

"会是谁呢?"埃莉诺说。

艾德里安走到窗户边往外看，斜瞄着侧面停车处的方向。"是萨姆。"他说。

"哈，唬谁呢。"埃莉诺镇静地说完，又继续读范妮·塔兰特的专访。

"萨姆不是开一辆绿色的路虎，车牌号是SAM1吗？"艾德里安问道。

埃莉诺跳起身来，也奔去窗户边往外看。"我的天啊，真的是萨姆。"她说。她冲向大门，又停住，转身，把《前哨报》的评论版塞进艾德里安手里。"快，藏起来。"她说。

"为什么？"艾德里安说。门铃响了。

"他或许还没看到。"

"藏哪儿？"

"随便哪儿。"

门铃又响了。埃莉诺赶紧去门厅，一边扯下她的棉手套，塞进晨衣的口袋。艾德里安听见她扭开了前门的门闩，打开了门，故作惊讶地叫出了声："萨姆！早上这个点儿，你在这里干什么？进来进来。"

艾德里安把《前哨报》评论版推进沙发的一个坐垫下面。然后，像马后炮一样，他把所有其他报纸统统塞到沙发下面看不见的地方,这时埃莉诺和萨姆刚好一起进来。"艾德里安,看看谁来了。"她说。

"哈喽,老弟。"萨姆说。他混得越成功,就越喜欢强调自己的伦敦东区口音。但是,他打招呼时欠缺真正的热情,笑容也很克制,像葬礼上友人们彼此交换的微笑一样。他一只手里拿着一卷报纸,敲着自己的大腿,身上穿着干净平整的牛仔裤,一件随意的麂皮夹克,一件棉质polo衫,每件单品都来自不同的著名设计师。萨姆并不像范妮·塔兰特暗示的那么矮,但确实比平均身高矮一点点。他的皮肤晒得黝黑,眼睛周围尽是笑纹,五官有一点点像猴子,鼻子短平,上唇很厚。

"萨姆!"艾德里安对埃莉诺的惊讶语调模仿得不太成功。"星期天早上这么早,什么风把你给吹到这儿来了?"他走上前,伸出手去。为了握手,萨姆不得不把报纸从他的右手转移到左手。是一份《前哨报》的评论版。

"我今天早上要飞洛杉矶,从盖特威克走,"萨姆说,"想着半路上正好可以拜访你们。"

"多么惊喜啊!"埃莉诺说,"我们好长时间没见到你了。你吃过早饭了吗?"

"能吃下多少我就吃了多少。"萨姆说。

"你要不要喝点儿咖啡?"

"谢谢,那挺好的。"

"我去煮点儿新鲜的。"埃莉诺拿起咖啡壶。

"啊,别麻烦了,"萨姆说,"现成的就挺好。我喜欢温咖啡。"他举起《前哨报》评论版,问道:"你们看这个了吗?"

"什么?"埃莉诺说。

"今天的《前哨报》。你们读了那个婊子范妮·塔兰特写我的文章了吗?"他在沙发上坐下,感觉到了坐垫下面的报纸,把它们拉出来。"我看你们是读过了。"他说。

"我只瞟了一眼。"埃莉诺说。

"你呢?"萨姆问艾德里安。

"埃莉给我读了一点片段。"他说。萨姆责备地看着埃莉诺。

她递给他一杯咖啡。"就只看了个开头。"

"嗯,后面也没写什么好话。"萨姆说。

"你什么感觉?"艾德里安说。

"我觉得自己被高悬示众,一只暴躁的猛禽在我身上拉了屎。"萨姆说。

艾德里安微笑了。"相当不错的句子。你刚刚想到的吗?"

"这是引述。"萨姆说。

"是吗?"艾德里安说,"引自哪里?"

"引自我的倒数第二部电视剧。"

"萨姆,"埃莉诺说,"你怎么会鬼迷心窍,让那个女人采访你?你以前一定读过她写的东西。"

"我想是吧……我不记得了,"萨姆说,"有那么多记者,写专栏的、采访的……"

"但她很有名的。"埃莉诺说。

"错,我才很有名,"萨姆说,食指点着自己的胸口,"她出道时间还没久到能让她有名。"

"那就是臭名昭著。因为她对待别人相当粗鲁。"

"呃,她有一天给我打电话,对《底线》如痴如醉。看起来她真的很喜欢。"

"你就掉进这么老套的陷阱了?"埃莉诺说。

"我知道,我知道……但是我真的没想到一个对我的作品能够谈出如此知性见解的人会写出那样的东西……"萨姆摇着头，仿佛还不能相信范妮·塔兰特的背信弃义。"我还请她吃了午餐，亲自下厨：家常芥菜汤，冷煮三文鱼配蛋黄酱——是真正的蛋黄酱，不是布莱克利姆牌那种罐子里倒出来的货色。还有一瓶普伊-富赛白葡萄酒，一箱要一百五十镑。"

"可怜的萨姆。"埃莉诺说。

"确实有点恩将仇报，"艾德里安说，"考虑到蛋黄酱和其他种种。"

"我想你觉得这很有趣咯？"萨姆说。

"不，不。"艾德里安说。萨姆怀疑地盯着他。

"不。"艾德里安重复道，拼命摇着头，但他的嘴唇抽搐了。

"我要去套点衣服在身上，"埃莉诺说，"你能再待一会儿吗，萨姆？"

"大概能待半个小时吧。"

"啊，太好了。我一会儿就好。我们好长时间没见你了。"

"是啊，我最近忙疯了，谁都没空见。"萨姆说。

"除了范妮·塔兰特。"艾德里安正说着，埃莉诺走出了门。

"那是工作。"萨姆说,"你自己是远离聚光灯了,艾德里安,但也没必要在我们这些人面前这么有优越感,我们也是不得不在那儿斡旋。"

"在那儿……斡旋?你现在讲话水平恐怕正在被所有这些好莱坞会议拉下水,萨姆。"

"这种会议我星期二还有一个特别重要的要开。老天保佑他们到时可别提起这场'星期天车祸'。"

"一定会有人把这次车祸现场状况告诉他们的。"

"谢谢你给我鼓劲儿。"

"这就是我们生活其中的世界,萨姆。或者不如说,这是你生活其中的世界。"

"是个什么样的世界?"

"这个世界是被媒体主宰的,或者说是绯闻文化。"

"你的意思是说,嫉妒的文化。"萨姆说。"在这个国家,有些人就是痛恨成功。如果你努力工作,出了点名,赚了点钱,他们就会尽其所能拉你下马。"

"但你是自己把自己交到他们手中的,你同意接受范妮·塔兰特这种人的采访。"

"你从没被邀请过接受采访,所以站着说话不腰疼。"

"我被邀请过的。"艾德里安说。

萨姆很惊讶地看着他。"什么,范妮·塔兰特邀请过你?什么时候?"

"几个星期之前吧。"

"那你怎么说的?"

"我说'不,谢了'。"

"她为什么要采访你?"

"我还不算是一个完全被大众遗忘的作家,你知道的。"艾德里安说。

"当然不是,我不是那个意思……"萨姆在那一刹那有点语无伦次。

"《隐匿之地》是本一流的小说。"

"确实如此。"萨姆说,开始回过神来,"但是《隐匿之地》差不多是二十年前出版的了。星期天的报纸一般都会选一些更有时效性的话题。范妮·塔兰特的由头是什么?"

"由头?"

"对,由头。比如说,"萨姆说,就像在给一个小孩解释什么东西一样,"她采访我的由头就是马上要播出的

《黑暗》。"

"哦，明白了。"

"但是我想范妮·塔兰特应该不会把《板球写作典范》作为采访你的切入点吧。那是你最新的文集了，是不是？"

"不是，其实《遗嘱写作大全》才是最新的。"艾德里安说，"我真的不知道她为什么想采访我。其实这只是顺口一说。她打电话来是想问我一些关于你的问题……"

"我希望你什么料也没爆给她。"

"当然没有。"

"嗯，有的人爆了。有人跟她说我……"萨姆没把话说完。

"关于戴假发？"艾德里安说。然后他看到了萨姆谴责的眼神，大叫道："不是我说的！"

萨姆看上去相信了他。"我要是现在能抓住那个婊子，准把她的脖子给拧断。"他说。

"干吗让自己那么生气？"艾德里安说，"这正是她想要的。别让她那么得意。一笑而过吧。"

"你要是读完整篇文章的话就不会这么说了。"

"那我们来看看吧。"艾德里安说。他从萨姆手里拿过报纸，找到采访的那一页，开始默读了起来。过了一会儿，他发出一声闷笑。"她相当机灵，不是吗？"他说。

"你这么认为吗？"萨姆冷冷地说。

"她是什么样的人？"艾德里安问，同时继续读下去。

"很性感，但是很冷淡。腿长得不错。我没机会打量她的胸，她一直没脱夹克。"

艾德里安从报纸里抬起头来，叹了口气："我的意思是说，是哪个社会阶层？"

"哦……"萨姆想了一会儿，"一个艾塞克斯女孩，我行我素，上的是巴塞尔顿综合中学，剑桥英文系毕业。自称是个后女权主义者。"

"她确实如此。"艾德里安说。他大声读起报纸上的段落：

"萨缪尔·夏普说：'我从来不懂那个单词到底是什么意思。'我说这意味着我吸收了女权主义的思想，但是不会执迷于这个概念。他的脸上出现了顽皮的微笑，说道：'噢，那我也是一个后女权主义者了。'我说他的剧本对女性的处理让人很难相信这一点。他似乎有点恼怒：'你是什么意思？'我解释说我最近一直在看他所有的电视剧和电影，所有作品无一例外都有女性赤裸而男性穿着衣服的场景。《底线》里的脱衣舞厅，《笔刷》中的艺术家工作室，《体温表》中的手术室，《快乐回归》中的偷窥戏，《激流勇进》中的强奸戏，《李文斯通医生》中奴隶市场的戏，我料想……"

艾德里安瞟了一眼萨姆，后者正对这场朗读越来越不耐烦。"她还是做了她的功课的，不是吗？"

"她对我的作品断章取义，小题大做。"萨姆说，"上面说的每一个场景在上下文语境里都是成立的。"

艾德里安继续大声朗读："他的电影新作《黑暗》，是他自己执导的——这真的明智吗？你自己执导？"

"谁能比我自己更好地理解我的作品呢？"

艾德里安对着萨姆瞠视了几秒钟，一时说不出话来，然后又读下去："他的电影新作《黑暗》，是他自己执导的，有一段很长的戏，是一个年轻女人在自己的公寓里走来走去，赤身裸体地给一个男人做饭，而那个男人是衣冠整齐的。"

"但那是因为她以为他是个盲人!"萨姆说。

"'但那是因为她以为他是个盲人!'萨缪尔·夏普如此宣称。"艾德里安继续读着报纸,"好像这样就让这一切足以成立了。我说,'但我们知道他不是盲人。这不是让偷窥的刺激变得更强烈了吗?这难道不就是小男生的幻想——变成藏在女生更衣室的隐形人吗?'萨缪尔·夏普的眼神开始闪烁,以一种令人警觉的频率瞄向墙上的镜子。"

"你了解得差不多了。"萨姆说,"这就是一种诽谤。"他伸出手想拿回报纸,但是艾德里安不放手,继续大声读下去,看起来似乎很愉快。

"我说我听说他在《激流勇进》的片场大吵大闹,因为强奸戏进行封闭拍摄时把他排除在外了,他说大吵大闹的是那个女演员,简直就像从没被人瞧见过不穿内裤的样子似的。我问他,如果让他也当着一小圈默不作声、聚精会神鼓捣机器的男人的面扯掉内裤,他会做何感想。他说:'演员可能不时就得光一下屁股。而我每次写作的时候都要暴露我的灵魂。'"

艾德里安停止朗读,看向萨姆。"你真的那么说了吗?'我每次写作的时候都要暴露我的灵魂'?"

"可能是吧。"萨姆有点自我辩护的感觉,"但接下来的全是一派胡言。我要给报纸写信。"

"写吧,随便怎么写,但是不要寄出去。"艾德里安说,他放下报纸。

"为什么?"

"那样只会让你自己显得不堪一击。"

"好吧,我总得做点什么。"

有那么一会儿,两个男人都在默默思考此事。"你可以把范妮·塔兰特写进你的下一部电视剧,简单处理一下,写成一个口不择言的女色情狂。"艾德里安建议道。

萨姆摇了摇头:"这个我想过了。律师那儿肯定通不过。"

"那你只能苦笑一下,吞下这枚苦果了。"

萨姆看着艾德里安:"如果由第三方来回应,反击将会更加有力……"

"哦,还是别了。"艾德里安说。

"什么?"

"你想要我给《前哨报》写信?"

"不是,我有个更好的主意。"萨姆说,"假设一下,你同意接受范妮·塔兰特的采访……"

"听起来对我来说是个挺坏的主意。"艾德里安说。

"没有啊,你听我说……你还记得'六八狂飙'那会儿我们是怎么作弄那个地方小报的记者的吗?就在那次大静坐的时候?"

艾德里安微笑了。"我怎么可能忘记呢?"他举起拳头,复诵道,"学生革命委员会要求教授由民主选举产生的委员来任命,这些委员代表着大学所有部门的利益。"

"包括搬运工、茶水女侍和清洁工。"萨姆补充道,"不要忘了他们。"

"我们要求废除考试,以学生的自我评估代之。"

"给大学宿舍内同居的学生提供双人床。"

"上辅导课时可以吸大麻。"

"他像乖乖羊一样,把所有这些都逐一记录下来,回到报社,然后这些东西在邮报的头版上登得到处都是。"

他们追忆着往事,一起开怀大笑起来,直到艾德里安回过神。"你不是在建议我如法炮制,去作弄范妮·塔兰特吧?"

"为什么不呢?"

"你是说,假装成一个家暴男、恋童癖加瘾君子?然后还希望她傻到原文照登?"

"啊,不一定要搞得这么夸张。"萨姆说。

艾德里安摇头:"这个女人可不是什么没见过世面的小报记者,萨姆。这招行不通。"

"是啊,很可能是这样。"萨姆遗憾地说。他皱紧了眉头,努力地想着。过了一会儿,他叫道:"迂回战术!"他的面色开朗起来,"可以迂回!假设,你跟她进行一次正常的采访,但却利用这个机会写一篇讽刺她的文章,找一家报纸发表?"

"什么意思?"艾德里安说。

"还记得你过去给老杂志写的人物讽刺小品吗?《拍手乐的牧师》和《极品副首长》,你可以就用这种方式写。"

"'极品记者'?"

"就是这个意思,让人一眼就知道写的是谁而不指名道姓,只要这样我们发表就不会有问题。想看范妮·塔兰特笑话的人可多着呢。我知道《编年报》就有人对这样的稿子迫不及待。"

"我不怀疑,萨姆,但是——"

萨姆在屋子里欢欣雀跃,咀嚼着这幅假设的景象给他带来的欢乐。"反攻这个婊子!她以为她在采访你,其实却是你在采访她!挖挖她的黑幕,找出她这样做的动机。为什么这么有嫉妒心?为什么这么有恶意?全都摆到台面上来。给她自己开点药方。那样岂不是很棒?"

"难道你认为我给她打电话说我改变了主意,不会让她心生疑虑吗?"

"不会啦。你完全不知道这帮人有多自大。他们认为整个世界都渴望着被他们采访。"

"我那天给她的可不是这样一种印象。"艾德里安说。

"那我们就另找个人给她打这通电话……"萨姆说,"你的经纪人!最好的不在场证明:你不经意间提到了她的采访邀请,然后他劝说你同意了接受采访。"

"嗯,乔弗里当然会很高兴看到我的名字再次出现在报纸上,但是——"

"那就成了!"萨姆叫道,"你可以写一篇精彩的文章,艾德里安。把你对绯闻文化的看法都写进去。你会很享受的。"

"你的策划还有一个小问题。"

"是什么？"萨姆问道。

"在这一过程中，我也会被范妮·塔兰特大卸八块的。"

萨姆沉默了一会儿。"也不一定。"他最后说道。

"不一定？"

"不一定……她也不是一直那么贱。"

"我想你是想不起来自己读过她的东西了。"

"我有一次看到她写了一篇挺正面的稿子，关于某个人，是谁来着？"他皱起了眉头，努力回想着。

"特蕾莎修女吗？"艾德里安开起了玩笑。

"老天，不是。她对特蕾莎修女下手也很狠。"萨姆说。

"特蕾莎修女也接受了她的采访？"艾德里安难以置信地问道。

"不是，那是她的一篇《日记》专栏……范妮·塔兰特受不了老好人的想法，她不相信有人真的能够又善良又有名气。"

"好吧，那当然就没我什么事了。"艾德里安说。

"想想吧，"萨姆热切地说，"这些人不敢一直都写这种诽谤稿的，否则就没人愿意和他们说话了。他们时不时会来一篇正面报道，这样才能继续下去。我打赌你在她那儿肯定被放在了好好先生的名单上。"

"你当初对自己是不是也是这么期待的？"艾德里安说。

从萨姆的表情上看，这个猜测八九不离十。"得了吧，艾德里安，"他劝诱道，"我可是你的老伙伴。就算是为了我吧，求你了！"他戏剧性地跪了下来。

就在此时，换了一身宽松棉裙的埃莉诺走进了房间。"这是怎么了？"她微笑起来。

"萨姆想要签一份针对范妮·塔兰特的合同，合同里我当杀手。"艾德里安说。

萨姆吃力地直起身来。"嗯，艾德里安告诉我，她渴望采访他——"他开口道。

埃莉诺瞪视着艾德里安。"范妮·塔兰特想采访你？"

"她给我打电话谈萨姆的时候提过这事儿。"

"我们的想法是——"萨姆说。

"但是为什么？"埃莉诺的注意力还停留在艾德里安身上。

"我不知道，大概就是想讨好我吧。"

"我们的想法是，你瞧——"

"萨姆的想法是——"艾德里安插话纠正道。

"想法就是，"萨姆说，"艾德里安同意接受采访，这样他就可以写一篇讽刺范妮·塔兰特的文章。当然，她对此事并不知情。"

埃莉诺继续瞪视着艾德里安，萨姆搓着双手，喋喋不休。"我越想就越觉得这个主意好。这将成为一个新类型的开端，兔子急了也咬人，艺术家也要反抗。老天知道是时候了。这些年轻的浑蛋我行我素已经够久了。凭什么我们总得咬紧牙关，假装这是一场公平竞争？为什么我们不能主动出击，改变一下现状？全世界的艺术家们联合起来！除了公平竞争的规则之外，我们什么也不会失去！"他用力捶着空气。

"别傻了，萨姆。"埃莉诺说。她的语气就像一个母亲在安抚一个过度兴奋的孩子。艾德里安捡起《前哨报》评论版，溜向门口。"你去哪儿？"她盘问道。

"去厕所，如果你允许的话。"艾德里安说。

萨姆指指他手里的报纸："你要把这个也带进去吗？"

"一点厕所读物。"艾德里安说完，走出了门。

"把它当厕纸擦屁股吧!"萨姆在他身后叫道。

"萨姆,干吗这么在意?"埃莉诺说,"就是一篇傻不拉叽的小文章,作者就是个傻不拉叽的小记者。"

"但所有我认识的人都会读到它,"萨姆说着,烦躁地在屋里走来走去,"就在这会儿,到处都是窃笑,就好像祭献的烟雾从伦敦和我家乡的一千张早餐桌上升腾而起一样。"他捡起一件陶瓶,"这个不错。是你做的吗?"

"是的。"

"很不错……卖吗?"

"对你就不卖了,萨姆。你要是喜欢的话就拿去吧,当作我的礼物。"

"不能这样。一百镑够吗?"

"太多了。"

"那我付你七十五镑。"他拿出支票本。

"你真是太慷慨了。其实我现在卖的都是孤品。销路还不错。"

"你确实有天赋。"萨姆在桌边坐下,开始写支票。"埃莉,告诉我,我真的像那个婊子写的那么糟糕吗?"

埃莉诺假装自己需要思考这个问题。她看向天花板,摸着脸颊。"嗯……"

"好吧,所以我是有点儿自大。"萨姆说,"但是我有充分的理由!我得了三个电影学院奖,两个皇家电视协会奖,一个艾美奖,一个银仙女奖——"

"银仙女奖?"

"蒙特卡洛电视节颁发的,他们管它叫银仙女奖。还有一个卢森堡的金粪奖——至少,看上去确实像坨屎。给你。"他把支票递给她。

"谢谢你,萨姆。"

"而且现在我开始写真正的电影剧本了,没准我会拿个奥斯卡!"

"你写的是什么电影?"埃莉诺问。

"关于弗洛伦丝·南丁格尔的。"

"你对弗洛伦丝·南丁格尔知道些什么?"

"比制作人知道得多,这就够了。实际上已经有一个剧本了。他们希望我来改写。"

"里面会有弗洛伦丝·南丁格尔的裸戏吗?"埃莉诺诘问道。

"你可以嘲笑我,埃莉。但我可以拿到三十万美元,只要工作一个月,工作地点是比弗利山庄的一栋别墅,带游泳池。"

"老天!"

"但是如果没人和我分享的话,我要这成功有什么用呢?"萨姆叫道,故意夸大其词,"我一个人,孤零零地住在装修奢华的庄园里,踩着厚厚的地毯从一个房间蹚到另一个房间,听着时钟嘀嘀嗒嗒地走,渴望电话铃声响起。"

"你刚才说你太忙了,没空看望我们。"埃莉诺指出。

"我又忙又孤独。这年头,这种痛苦众所周知。而且,无论如何……"萨姆声音小了下去,不说话了。

"什么?"

"嗯,说出来挺难的,埃莉。但说实话,对我来说,现在见到艾德里安很是尴尬。你还记得从前是什么样子的。他写他的小说,我写我的戏,我们过去常常就我们的工作交换想法。如今我跑来,巴巴讲一通我的项目,而他反过来什么都没得可讲——这就像和一个没胳膊的对手打网球。"

"艾德里安不介意的。"

"好吧,我介意。这让我显得……显摆。"

"当然不会了,萨姆。"埃莉诺干巴巴地说。

"他在原地踏步。你们俩都在原地踏步。"

"不,我们没有。"埃莉诺说,"我有我的陶器要做,艾德里安要编他的文选。"

"你们哪儿也不去?"

"不,我们也出门的。我们会去丘陵那边散步,或者开车去海边。"

"我说的不是散步或者开车兜风。"萨姆说。

埃莉诺开始收拾那些被塞在沙发下面的报纸,把它们整整齐齐叠好。"如果你说的是首演之夜、开幕式派对、去格劳乔俱乐部这种事情……"她说。

"是的,我说的就是这些。"

"我们对这些已经没有兴趣了。"

"艾德里安也许失去了兴趣,"萨姆说,"你可没有。不然的话,你为什么要订所有这些星期天的报纸呢?"

埃莉诺苦笑了一下。"你可真是一针见血。"

"当初你要是嫁给了我,现在你就能上报纸,而不只是读报纸。"

"就今天早上而言,上报纸看起来并不怎么吸引人。"

"哦是的,"萨姆说,"你也一针见血。"

他想起了范妮·塔兰特的文章，重新陷入了阴郁。"这个贱人。"他说完停顿了一下，又问，"艾德里安为什么停止写作了？"

"他只是停止写小说了。差不多等于退休了吧。"

"作家这一行没有退休可言，没有人会自愿放弃写作。"

"他还是在进行非虚构写作的。"埃莉诺说。

"你是说那些文选吗？那就是剪刀加胶水的拼贴工作。"

"还是需要写简介的。"

"是的，是需要写简介。"萨姆说，"埃莉，看在老天的分儿上，艾德里安·勒德洛从前可是英国小说界的希望所在！"

"好吧，是的，可那已经是很久以前了。"埃莉诺说，听起来就像在坚决地关上一个不小心打开的抽屉，"萨姆，我不喜欢和你这样谈论艾德里安，在他背后议论。"

萨姆偷偷溜到她背后，伸出胳膊想搂住她的腰。"要是我俩是情侣的话，看起来会更自然。"他半开玩笑地说。

埃莉诺老练地躲开了他的拥抱。"你是要试着和劳拉打成平手吗？"

"劳拉已经是历史了，我和她从一开始就是个错误。"

"我一直觉得你对她来说年纪太大了——"

"错,她对我来说太小了。"萨姆说,"但你就正好。我需要一个成熟女人。"

"你本该和乔治安娜坚持下去。"埃莉诺说。

"不如说,乔治安娜本该和我坚持下去。"想起第一任妻子,萨姆皱起了眉,"会不会就是乔治安娜告诉了那个贱人我的头发是——"他话说到一半停住了。

"假发?"埃莉诺说。萨姆看上去脸色苍白。"抱歉,萨姆,我不该取笑你。至少今天早上不该。"

她在他的脸颊上安抚性地吻了一下。他抱住她,吻上她的嘴唇。埃莉诺半推半就,但一两秒钟后还是把他推开了。

"不,萨姆……"

"为什么不?"

"你只是在利用我抚慰你受伤的自我。"

"不,我不是。"

"是的,你就是。星期天这么大早,你也找不到其他女人了。"

"埃莉,我一直以来都希望你是嫁给了我,而不是艾德里安。"

"你撒谎。"

"是真的!"

"艾德里安向我求婚了,你没有。"

"但他作弊了。那个时候,我们根本不相信婚姻这回事,还记得吗?"

"我不想回想这些。"

"我们当时正要开始一种共产生活。"

埃莉诺发出了一声短促的、讥讽的笑声。"可能真的能成为共产生活吧,和两个作家一起。"

"但艾德里安发现你私下里还是渴望旧布尔乔亚生活的那一套。我打赌他求婚时还下跪了,是不是?"

"萨姆,我不想再讲那个时候的事情了。"埃莉诺语气很激烈,似乎开始难过了。

"好吧。"萨姆说完,安抚性地举起了双手。

"你应该知道为什么。"埃莉诺说。

艾德里安走进房间,刚好听见了最后这句话。他穿着运动服和跑鞋,脖子上挂着一条毛巾,一只手里拿着《前哨报》评论版。"什么为什么?"他问。

"没什么。"埃莉诺说。她开始忙着把用过的餐具收进托盘里。

萨姆上下打量着艾德里安。"你为什么穿着一套运动服?"

"我星期天早上一般都要慢跑一阵,然后蒸个桑拿。"

"别跟我说你还在把自己泡在那个臭烘烘的花园小木屋里。"

"自从你上次参观之后,设施已经大大改善了,"艾德里安说,"很遗憾你没有时间跟我一起享受一番。"

"不用了。桑拿让我浑身长包。"

"多可惜啊,"艾德里安说,"它对你身体是有好处的。可以排一排范妮·塔兰特给你带来的毒。"

"艾德里安认为桑拿包治百病,"埃莉诺说,"萨姆,你确定不来点儿现煮的咖啡吗?"

"果汁就很好了,如果你有的话。"

"好的。"埃莉诺端着放满了东西的托盘进了厨房。

艾德里安把《前哨报》评论版放在桌子上。"嗯,我读完了。"他说。

"我不怪你对她心怀顾虑,"萨姆说,"但如果你和她同一时间发表文章，会让她气势大丧。"

"我并不害怕范妮·塔兰特。"艾德里安说。

"或者更好的是，你赶在她之前发表。"萨姆说。他专注着自己的想法，没听到艾德里安在说什么。"《前哨报》可能根本不会发表她写你的文章，而且无论如何——"

"萨姆——"

"无论如何，你的存书会大卖一笔，不管她说你什么。"

"实际上，我的书销量本来就不坏，"艾德里安说，"《隐匿之地》是一本——"

"一流小说。是的，你说过了。但是这不会让你变得有钱，艾德里安。再来一本无聊的某某写作典范也不会。你需要一部电视剧，搭售重印的纸质本小说。你知道吗，我要把《隐匿之地》改编成电视剧，搬上BBC。"

"他们若干年前就已经拒绝了这个提议。"艾德里安说。

"是的，但这次是我来帮他们做剧本改编。"

"你早可以帮这个忙的。"

萨姆看上去有点儿不舒服。"嗯，我猜我也许可以，但是，你知道是怎么回事，我一直都这么忙……"

"萨姆，你不用非要贿赂我。"

"我没有！我没有！"萨姆抗议道，"听着，等我从美国一回来，就马上把《隐匿之地》推给BBC，讲真的，不管你最终要不要加入范妮·塔兰特的局，我都会这么做。我要求的只是你考虑一下。"他看了看他的表，"老天，我得马上走了……至少考虑一下，好不好？"

"我已经考虑过了，"艾德里安说，"我愿意做。"

萨姆瞪住了他："什么？"

"我一直试着告诉你。我在厕所里就决定了。我愿意做。"

埃莉诺端着一个放了一扎橙汁和玻璃杯的托盘，穿过厨房门走了进来，刚好听到了这句话。她停住了。

"哦。"萨姆说。艾德里安的这一宣告令他措手不及。"嗯，那太好了！"他追加了一句。他紧张地瞥向埃莉诺，后者正看着艾德里安。

"愿意做什么？"她问。艾德里安淡然一笑，没有回答。

"埃莉，我得走了，"萨姆说，"抱歉不能喝果汁了。"他转向艾德里安，说道："我会给《编年报》的彼得·里弗斯打电话，让他联系你。"

"好的。"艾德里安说。

"后续有什么情况,记得通知我。你用电子邮件吗?"

"不用,"艾德里安说,"但是我们有传真机。号码和电话号码一样。"

"我到洛杉矶之后就把我的联系电话传真给你。"萨姆说,"不用送我出去了,再会!"

萨姆向两人挥手作别,跑出了房间。埃莉诺仍然盯着艾德里安。"愿意做什么?"她重复问道。

艾德里安正要张嘴回答,萨姆又出现在通往门厅的大门口。

"最重要的是,"他对艾德里安说,"找到她的弱点,她的阿基里斯之踵,她那罪恶的小秘密。"

"也许她压根儿就没有。"艾德里安说。

"每个人都有。"萨姆说。

这句话引起了萨姆没有料想到的强烈效果,他自己打破了由此引发的紧张的沉默。"那……再见了,"他说,"埃莉,我回来的时候再拿那只陶瓶吧。"

"萨姆,等一等!"埃莉诺叫道。

"抱歉,真的得走了。"他说完就消失了。他们听到前门"砰"的一声在他身后关上。

埃莉诺转向艾德里安。"你不会真的同意那个疯狂的主意吧?你不会真的让范妮·塔兰特采访你吧?"

"如果她真想采访的话。"艾德里安说。

"你疯了吗?"

"我不这么认为。"

"你看到她是怎么对待萨姆的了。如果她也这么对你的话,你什么感觉?"

"这对我来说不是问题。"

"噢,是吗?你凭什么这么自信?"

"因为我已经不参与竞争了。我已经退赛了。"

"什么比赛?"

"名利之赛。"艾德里安说,"我没什么可失去的。不像萨姆,我不在乎①范妮·塔兰特怎么说我。"

"所以你认为……不管怎么说,你干吗要替萨姆当枪使?"

"他说他要把《隐匿之地》改编成电视剧,搬上BBC。"艾德里安说。

----

① 原文为斜体,表示强调。下同。

"这不会有什么结果的。"埃莉诺说。

"我知道。"艾德里安说。

"那你为什么还要做这个？"

"会有一些报酬，如果这事能成的话——我相信《编年报》的稿酬很不错——你就能买下那个新窑了。"

埃莉诺并不吃这一套。"到底为什么，艾德里安？"

他犹豫了一会儿才回答："嗯，你知道，我在下一部文选的主题上已经卡了一阵子壳儿了。"

"不，我不知道。"

"嗯，确实如此。刚才我在上厕所时有了一个想法，写一本关于采访的写作典范——从古典时期直到现在，从苏格拉底和柏拉图的《对话录》开始，以范妮·塔兰特和她的编辑结尾。"

埃莉诺看上去还是半信半疑："你会把她对你的采访也包括进去吗？"

"这会是一种相当新颖的处理方式，你不觉得吗？"

"如果她写你也像写萨姆那样充满恶意呢？"

"那就更有代表性了。我就得分了，像一个快活的运动好手。"

"如果她拒绝你收录她的文章呢?"

"那我就只好把我写她的文章再印一次了。"艾德里安说,"无论什么情况,接受范妮·塔兰特的采访对我写这本书的序言将大有裨益。"

"我简直不敢相信我听到了什么,"埃莉诺说,"在我们共同经历了那么多之后。"她环顾房间四周,似乎是在徒劳地寻找同盟。"而且这篇所谓的你写她的文章……什么让你认为你能搞定这个?你以前从来没做过类似的事情。"

"并不是,我做过。那些老杂志上的人物速写……"

"艾德里安,那是学生时代的把戏!"

"但是很棒啊。"

埃莉诺瞪着他。"现在我知道这是怎么一回事了。"她说。

"啊,接下来就要来点心理分析了,"艾德里安说,"让我采用一个舒服的姿势。"他在躺椅上伸展开身体。

埃莉诺并没有理会他的嘲讽。"你想回到从前那个黄金时代,那时你和萨姆不只是老朋友,而且是最好的朋友。你们俩都还有着大好前途。"

"继续说。"艾德里安说着,一边看着天花板。

"你们俩那时还势均力敌,也许你还稍微领先。大部分人都这么觉得。但现在萨姆已经是成功人士了,而你……"埃莉诺搜寻着合适的词汇。

"还是一个废柴?"艾德里安提议。

"我本来想说,半退休状态。随便你怎么说吧,反正,这影响了你们的关系。你幻想通过帮萨姆这个忙,回到和他平起平坐的地位。"

"一个天才理论。"艾德里安说完,站起身来,"我必须承认,我对这个计划感到一种久违的兴奋和期待。我从来没有从写小说中获得过那么多乐趣。"

"这话你不用跟我说。"埃莉诺说。

艾德里安瞥了瞥他的表。"现在我最好去慢跑了,不然午饭前就没有时间蒸桑拿了。"

"你会后悔的。"

"不,我不会。我保证。"

他亲吻了一下她的脸颊,走出门去。埃莉诺凝视了一会儿空房间,表情很忧心。然后她在桌边坐下,打开《前哨报》的评论版,找到范妮·塔兰特那篇文章,从被萨姆·夏普的到访打断的地方继续读了下去。

2

接下来那周的星期一，傍午时分，艾德里安等待着范妮·塔兰特的到来。他独自待在屋里。《前哨报》的摄影师到得比较早，拍了很多照片之后就走了，留下艾德里安一个儿将那些被他弄乱的家具一一复位。

一切都按照上个星期的计划稳步进行。艾德里安把范妮·塔兰特有兴趣采访他的消息告诉了他的经纪人乔弗里，乔弗里又去联系了范妮，安排了访问。萨姆向《星期日编年报》的特稿编辑彼得·里弗斯打了招呼，彼得给艾德里安打了电话，表示对这篇"极品记者"的稿子有着极大的兴趣。艾德里安收到了一份来自萨姆的传真，告知他洛杉矶的地址和联系电话，并询问他事情后续有什么进展。

但艾德里安并没有回复。他对埃莉诺说他要先等等看他和范妮·塔兰特的采访进行得如何，然后再决定是否要把萨姆的计划付诸实施。埃莉诺说她对此毫无兴趣。她安排好了在范妮·塔兰特来访的这天去找她的侄女罗斯玛丽，后者住在东格林斯特德。约定的采访时间要到了，她开车走了，一言不发，相当不满。标致汽车锈损的排气管的轰鸣声还没有完全消失，艾德里安就听到了范妮乘坐的出租车的发动机的震动声。他停下了高保真音响里正在轻柔播放的亨德尔的音乐，按下控制键，调到录音模式，通过书架高处一个独立的小型麦克风录音。他刚完成这项工作，门铃就响了。

艾德里安打开了门，门口站着一个二三十岁的年轻女人，长得不错，一头金色的短发，一看就知道造型费用不菲。她穿得很精神，短裙搭配剪裁利落的夹克，手里提着一只小巧的黑色皮质公文包。

"塔兰特小姐？"他说。

"正是。"她淡淡地笑了，好像心里一乐，也许是因为这种打招呼的方式太正式了。

"请进来吧。"

他把她请进起居室。

"我的出租车开进来的时候,开车出大门的是你妻子吗?"她问道。她的口音大概可以用"受过教育的中产阶级"来形容。

"是的,她去看望她住在东格林斯特德的侄女了。"

"可惜。我本来还希望能与她会面。"

"而这正是她想极力避免的。"艾德里安说。

"噢,为什么?"范妮说。

"她读过你的文章。"艾德里安说,"你不坐下吗?"范妮选择了躺椅。艾德里安在对面的扶手椅上坐下。"她对写那个艺术史学家的那篇印象尤为深刻,"他说,"那位先生好像是双姓。"

"罗伯特·迪格比-西森先生?"

"就是那家伙,"艾德里安说,"你对迪格比-西森太太的指甲做了负面评论。"

"你妻子咬指甲吗?"范妮探寻的语调不带任何感情色彩。

"并不,"艾德里安说,"只是她不希望冒任何风险,以类似的方式在你的文章中遭到非议。"

"听起来她并不赞同你接受这次采访。"范妮说。

"是的,她确实不赞同。"艾德里安说。

范妮打开公文包,拿出采访笔记本和一个小小的索尼牌磁带录音机。"你不介意我用这个吧?"她举起后者问道。

"完全不介意,只要你也不介意我用我的。"

"请便。"范妮说。她检查了她的机器,确认里面放好了卡带,按下开关,把录音机放在两人中间的一张小咖啡桌上。"你要不要也设置一下你的磁带录音机?"她问。

"已经开着了。"他指了指那套高保真音响系统。

"哦,我看到了。这个机器放得还真远。"

"它的麦克风特别敏感。声控的。我希望你的麦克风质量也这么好。"

"这简直是艺术。"她说,"你为什么想给采访录音?"

"留一份记录,免得以后关于我说的话有任何纷争。"

"很公平。"范妮说。她打开采访本,从公文包里拿出一支圆珠笔,环顾了一下房间。"这儿真不错。你们在这儿住了很久了吗?"

"这儿以前是我们周末的去处,"艾德里安说,"但那时候地方比较小。我们决定离开伦敦时,就买下了旁边连着的小木屋,然后把墙打穿了。"

范妮做了点笔记，很显然是在记录房间的家具陈设和装饰。"你收集陶器？"她说，"这里看上去有很多陶器。"

"是我妻子的作品，"艾德里安说，"我们搬来这里之后她就开始做陶器了。"

"你们俩结婚很长时间了，是不是？"她一边写一边问道。

"我想是这样，以现代的标准而言。"

"你们有两个儿子？"

"他们已经长大了——离巢了。你自己结婚了吗？"

"没有。"范妮说。

"但是你一定有一个……现在这个词是怎么说来着？"

"伴侣。"

"啊对，"艾德里安说，"他叫什么名字？"

"克莱顿。"

"怎么拼？"艾德里安问。

"C，r，e，i，g，h，t，o，n。"范妮从她的笔记本上抬起头来，"你干吗问这个？"

"克莱顿先生是做什么的？"

"克莱顿不是姓，是他的名。"她说。

"真的吗?你的意思是,他受洗的名字是'克莱顿'?"

"我不清楚他有没有受洗过。"她说。

"噢。不信教,是吗?"

"很多人都是这样,你知道的。"范妮说,"你会把自己定义为一个基督徒吗?"

"嗯,我圣诞节、收获节还有别的什么节时,会去教区教堂,"艾德里安说,"我给屋顶基金捐款。我相信英国国教是一套社会制度,但对教义并不确信。事实上,我认为教区牧师也不确信……你自己呢?"他追问了一句。

"我在天主教家庭里长大,"她说,"但好多年都不去教堂了。"

"你是怎么丧失你的信仰的?"

范妮叹了口气:"听着,如果你不停地问我问题的话,这个采访就要花好长时间了。"

艾德里安甜甜地笑了。"我一整天都有空。"

"好吧,"范妮说,"我也有空。但是勒德洛太太也有空吗?"

"她到傍晚才回来。"

"我懂了。"范妮说,"顺便问一下,跟弗雷迪的一切都还顺利吗?"艾德里安看上去一脸茫然。"我说的是摄影师。"

"哦,是的。我觉得还挺好的……这事儿挺滑稽的,是不是,摄影?"

"有什么滑稽的?"范妮说。

"嗯,他们到你家里来,把所有的家具都移一遍……"艾德里安正说着,注意到墙上的一幅画挂歪了,于是站起身,穿过房间去把它扶正。"他们在各个地方架起他们的灯、三脚架、伞、马戏圈——"

范妮皱起了眉:"马戏圈?"

"那种可以折叠起来的东西,用来反光……然后他们让你摆出你平生最矫揉造作的姿势,像个理发师一样对你喋喋不休,不停地跟你说不要看上去这么严肃……"

"弗雷迪跟你说不要看上去表情严肃?"

"他没说,但他们通常都会这么说,"艾德里安说,"我的意思是,当年给我和新书封面拍照的时候,他们通常这么说。"他回到自己的扶手椅上。

"弗雷迪一般不会干涉拍摄对象的自然表情,"范妮说,"所以他是第一流的肖像摄影师。"

"不过他用起胶卷来不是一般的大手大脚,是不是?"

"我想这点成本报社还负担得起。"范妮不动声色地说。

"毫无疑问。但同一张脸干吗要拍那么多张照片呢?"

"这样才能找到信息含量最大的那一张。人的表情是在不断变化的,但是变得非常微妙,非常迅速,所以你不知道自己是不是捕捉到了需要的那一瞬间,直到把胶卷冲洗出来。"她说得非常干脆,就好像她之前已经思考过这个问题。"这就是为什么摄影比真实生活更具有启示性。"她说。

"那采访呢?"艾德里安说,"也比真实的生活更有启示性吗?"

"采访就是真实的生活。至少我的采访是这样。"

"哦,少来了!"艾德里安表示抗议。

"我什么也没有杜撰。这就是为什么我要用磁带录音机。"

"但是你不会把我说的每一句话都写出来,不是吗?没那么有意思的你就删掉了。"

"那当然,"范妮说,"不然的话文章读起来就太长了,而且太无聊。"

"那你就是在伪造一个对话,如果你做任何删节的话,"

艾德里安说,"删去了无趣、犹豫、重复、沉默。"

"到目前为止我们的采访还没有出现过沉默吧。"

"会有的。"艾德里安说。他的眼睛一眨不眨,紧盯着她凝视的目光。

"好吧,"半分钟沉默之后,范妮说道,"我放弃我的论点。采访并不是对现实的精确记录。是经过选择的,是一种阐释。"

"是一场博弈。"艾德里安说。

"博弈?"

"两个玩家的博弈。"艾德里安说,"问题在于,规则是什么,怎么算赢,或者说,怎么算输,取决于具体案例。"他和蔼地微笑起来,"要咖啡吗?厨房炉子上有一些已经煮好的。"

"谢谢。"范妮说。

"你想怎么喝?"

"黑咖啡就好,不加糖。"

"非常明智。"艾德里安边说边走进了厨房。范妮一动不动,直到他回来,端着一只托盘,上面放了两杯咖啡。

"说真的,"范妮开口道,就好像他们的对话从未中断过,"我不认为采访是一场博弈。我把它看成一场交易。物物交换。记者获得了稿子,被采访者获得了曝光。"

"但我并不想要曝光。"艾德里安说。

"那你干吗同意接受采访呢?"

"你干吗想要采访我呢?"他问道。

"我先问的。"范妮说。

"好吧。我是因为好奇。"

"好奇什么?"

"好奇你为什么想采访我。"

范妮觉察出他在回避,报以苦笑。

"你一般都是采访名人,"艾德里安说,"就算我曾经是个名人,那也是很久以前的事了。所以为什么要采访我?"

"我也很好奇,"范妮说,"好奇你为什么不再是一个名人了,为什么你停止写作,为什么你退出文学圈。"

"我还在出书。"他说。

"是的,我知道。那些写作典范的文选。任何人都能写。"

"嗯,并不是随便谁都行。"他稍稍有些恼怒,"你得有阅读的能力,你得知道去哪儿搜集你需要的东西。"

"你瞧,你的小说曾经对我意义重大。"她说。

"真的吗?"

"我十五岁时读到了《隐匿之地》,"她说,"那是我第一次被一部现代小说真心打动。我现在仍然认为它是战后英国文学中描写青少年最好的作品。"

"嗯,谢谢你。非常感谢。"艾德里安无法掩饰这句称赞引起的喜悦。"它是一部一流小说,你知道的。"他说。

"老天,这想法可真令人沮丧。"范妮说。

"哦,为什么?"

"呃,对我来说,《隐匿之地》的全部意义在于它并不只是一部小说,它不是作业,不是考试素材。它是一种个人的隐私,秘密,反叛。"

"我知道你在说什么。"他说着,微笑起来。

"你就不能让他们别再用它教学了吗?"

"我想我没这个能力,"艾德里安说,"无论如何,我还需要版税收入。"

"我们学校有这样一群人,"范妮陷入了回忆,"就像个秘密协会。那时我们常常大声朗读《隐匿之地》,然后争论——不是以文学批评的方式,而是争论我们最喜欢哪个人物——是麦琪还是斯蒂夫还是亚力克斯——还争论故事结束之后会发生什么。就像宗教崇拜一样。《隐匿之地》就是我们的《圣经》。"

艾德里安瞪大了眼。"老天。这种状况持续了多久？"

"一整个学期。夏季学期。"

"然后假期里你们读了另一本书，又建立了一个新的宗教吗？"

"没有，再也没有哪一本书能像《隐匿之地》那样了，"她说，"其实，我带来了被我翻旧的那一本，想让你签个名，如果你不介意的话。"

"当然不介意。"

范妮从公文包里拿出了一本旧旧的企鹅版《隐匿之地》，递给艾德里安。书的封面已经脏污，纸张也已发黄。他在扉页上写道：致范妮·塔兰特，最好的祝愿，艾德里安·勒德洛。

"你当时读的是寄宿学校，对不对？"他一边写一边说。

"你怎么猜到的？"

"你说到作业的时候，用的词是 prep，不是

homework。"他把书还给范妮,后者朝题词看了一眼。

"谢了。"她把书放回她的公文包。

"我本来以为你上的是巴塞尔顿的综合学校。"

"谁告诉你的?"她说。

"萨姆·夏普。"

"我还在想他的名字什么时候会蹦出来。"范妮说,"夏普先生的毛病是,别人和他说话,他从来不认真倾听。实际上我说的是,我要是上了巴塞尔顿的综合学校就好了。"

"为什么?"

"跟上汉普郡一所保守的寄宿学校相比,那样更有利于为从事新闻业做好准备。"她说,"我们能回到你身上吗?你为什么停止写小说了?"

"我断定,我的著作已经完成了。已经没有什么要说的了。"

"就是这样吗?"她说。

"就是这样。"他说。

"这不让你担心吗?"

"担心过一阵子。后来我就开始享受了。"

"怎么享受?"

"这就好像你的车没油了,于是你停下来,"艾德里安说,"一开始这很讨厌,但过了一会儿之后,你开始欣赏这种沉默和宁静。你听见你从未听到过的东西,之前它们被发动机的噪音淹没了。你也看见了从前那些一闪而过的东西,由模糊变清晰了。"

"你真的遇到过车子没油的情况吗?"范妮说。

"既然你这么问了,那么答案是没有。"

"我也这么想。"她说。

"这是一种比喻。"

"看到你的同辈还在写作、出书,这不让你感到困扰吗?"

"恰恰相反。这个世界上已经有太多的作家,明明没什么新东西要说了,还要年复一年、在一本又一本书里喋喋不休。"

"你说这话时想到的是哪些作家?"她说。

"和你想到的那些是一样的。"他说。

她脸上浮现出被逗乐的表情,但是带着怀疑。"我还是不相信你这么轻易就放弃了。"她说。

艾德里安做了一个深呼吸。"你的意思是说,我怎么能放弃一个又一个漫长而孤独的钟头,盯着空白的稿纸,或者望着窗外,咬着笔头,苦苦尝试着从一无所有中创造出点什么,把以前从不存在的人物造出来,赋予他们名字、父母、教育背景、衣着、财物……决定他们是蓝色眼睛还是棕色眼睛,是直发还是鬈发或者干脆秃头——天啊,这个过程多么乏味!然后还要经过磨人的、艰苦卓绝的努力,把一切变成文字——充满新鲜感的文字,不能是流水线一样的二手货色……然后还要设定角色的行动、行为方式,让他们彼此互动,互动要自然、有趣、可信、出人意料、感人肺腑。"他一边列举这些形容词,一边弹着指尖。"就像玩一盘三维国际象棋,"他说,"绝对是炼狱。换作是你,你会怀念这些吗?"

"我会怀念最后的结果。"她说,"创造出一些长存不灭的东西的满足感,和你能够对他人施加的影响。"

"但是大多数时候你并不知道会有什么影响。写小说就好像把纸条放进一个又一个漂流瓶,扔进海里,让它们随波逐流,完全不知道它们会在哪里被冲上岸,纸条会被怎么解读。"他补充了一句,"顺便说一句,我确实扔过漂流瓶。"

"那评论呢？"范妮说。

"那倒是。"艾德里安犹豫了一下说道。

"难道评论不能给你一些反馈吗？"

"评论反映出评论者本人的很多信息，关于作品的信息反倒不多。"他说。

"我在新闻业的第一份工作是给一个排行榜杂志撰写电影评论，"范妮说，"我不认为我的文章泄露了很多关于我的个人信息。"

"那它们不像你的采访那么残酷咯？"他说。

范妮轻蔑地笑了。"残酷？"

"罗伯特·迪格比-西森先生认为你很残酷。一份对手刊物说，他读你的采访时读哭了。"

"他在接受采访的时候就已经哭了，"她说，"他是一个哭泣的巨婴。几乎不需要铺垫，他就泪如雨下。抹鼻涕抹眼泪的间隙，他还试图猥亵我。"

"你的稿子里可没提这个。"艾德里安说。

"我提了，但是被删了。律师们很紧张，因为我没有目击证人。而这个东西，"她指着她的磁带录音机，"录不了膝盖被捏的声音。"

"你对我的朋友萨姆·夏普也很冷酷,"艾德里安说,"他很受伤。"

"他会恢复的。"范妮说。

"是的,我敢说他会的。"艾德里安说。

"不过我得承认,在那样一篇稿子发表之后,你还同意见我,这的确让我有一点儿小小的吃惊,"她说,"我原本以为这可能是个陷阱。"

艾德里安控制不住地问道:"陷阱?什么样的陷阱?"

"我本来想着,或许夏普先生会潜伏在这里。"

艾德里安由衷地笑了。"哦,不会,萨姆现在在洛杉矶呢。但是你以为他要干什么?袭击你吗?"

"众所周知。"范妮说,"你知道布雷特·丹尼尔吗?"

"那个演员?"

"我对他的采访稿发表一星期之后,他在一个首演夜上故意把一杯红酒倒在我裙子的前襟上,然后又往上面倒了一杯白酒,理由是这样可以去除红酒的污渍。"

"呃,实际上,确实是可以……"艾德里安说,"你起诉他了吗?"

"我给他寄了一张买新裙子的巨额账单。但他对自己所有的狐朋狗友说,他花的每一分钱都特别值。"

"你不会是认为萨姆会在这儿突然跳出来,往你身上倒酒吧。"艾德里安说。

"我原以为他或许会跳出来拼命泄愤。"

艾德里安双手交叉起来,指尖按着下巴。"你采访过的大部分人事后都对你恨之入骨,这不让你感到困扰吗?"他说。

"这就是这项工作的一部分。"她说着,耸了耸肩。

"不过还是个蛮有趣的工作,是不是?角色大屠杀。"

"你是想刺激我吗?"她说。

"不,不!但是你得承认,你的稿子通常都相当有毁灭性。这不就是你的读者对你的期待吗?"

"他们期待的是好的报道,"范妮说,"而我希望我能够给他们好的报道。你是怎么看待英国年青一代小说家的?"

"我尝试着不去想他们,"艾德里安说,"但是你还没有告诉我,如果你的定位是'范妮·塔兰特,全英国最善良的记者',你的读者还会对你的报道趋之若鹜吗?"

"对,我确实没有告诉你,"范妮说,"因为我在努力,努力克服重重困难来采访你。"

"你的读者不会屈尊俯就,去读低俗小报上足球队员和流行歌手的性闹剧。但你带给他们的愉悦在本质上和那些相同,只不过包装得更高端,路数就是让伟人和好人看起来愚蠢。"

"这都是他们自己干的事,"她说,"我只不过是做我的报道。"

"告诉我,"艾德里安说,语调里带着一种诚恳的求教态度,"当你完成一篇充满恶意的稿子,比如写萨姆的那篇——"

"噢,那一篇,我本可以写得更恶毒。"范妮插话道。

"我对此毫不怀疑。"艾德里安微笑了,"但当你写完一篇那样的稿子,然后被印行,你会想象受害者阅读它的样子吗?我的意思是,你会不会想象——比如说,可怜的老萨姆,星期天早上起来,穿着睡衣,趿拉着拖鞋走下门廊,捡起扔在脚垫上的《前哨报》,拿进厨房,一边喝着这一天的第一杯茶一边读报。他翻着评论版的那几页,找到你的采访,看到弗雷迪拍的自己坐在苹果电脑前的彩照被印满全版,他微笑起来,然后开始阅读文字,读到你对他的第一处嘲讽时,微笑突然消失,接着他心脏狂跳,五脏六腑都绞痛起来，大量肾上腺素迅速进入血液，这时他才意识到整篇稿子全都是嘲讽，他完全被忽悠了。我是说，这些你都想象过吗？这会让你觉得来劲儿吗？这就是你为什么从事这份工作的原因？"

范妮这个早上第一次显出了一丝紧张。"我们能回到我提问、你回答的路子上来吗？"她冷冷地说。

"为什么？"

"惯例就是这样。采访者问问题，受访者回答问题。"

"然而这就是为什么采访是一种相当人为的形式的原因，"他说，"它不是真正的对话，而是一场审问。"

"嗯，审问是有其用处的。"她说。

"比如说？"

"比如说可以揭露真相。"

"哦，真相……"艾德里安说，"'何为真相？'彼拉多戏谑道，不等回答就离开了。[①] 你难道没有想过，我的问题或许能比我的回答揭示更多的信息？"

"谢了，我宁愿按照我自己的节奏来。"

---

① 引自培根《论真理》。

"所以你不会引用我刚刚问你的那个问题咯?"

"我还不知道我到时候要引用哪些内容。"范妮恼怒地说。

"我猜你得先听完整盘磁带才能决定。"艾德里安说。

"我有专门的录音整理员。"

"然后你就在文字处理器上编辑?"他说,"还是说,你会手写第一稿?"

"你就是想跟我兜圈子,是不是?"她说。

"不!不是。"艾德里安反对道。

"答案就在记者的技巧手册里,"范妮说,"作家无聊一百问:你每天都写作吗?你用墨水笔写还是在电脑上写?你在写开头的时候就已经想好整个故事了吗?"

艾德里安露出了一个领悟的微笑,补充道:"你的小说是自传性的吗?"

"不,这个问题并不无聊。"范妮说。

"好吧,我的回答一直都很无聊。"他说,"我的小说是个人经验、对他人的观察以及想象力的混合。我喜欢设想我的读者无从分辨它们的来源,有些时候连我自己也分辨不出。"

"这个回答并不无聊,说实在的。"范妮边说边做了笔记。

"你已经有磁带录音机了,为什么还要做笔记?"他问道,"双重保险?免得录音机没电池了?"

"录音机记下的是你的话,"她说,"笔记写的是我的评论。"

"啊,"他说,"我能看看吗?"他伸出手去。

"不行。"她说,"你最早的记忆是什么?"

"我最早的记忆……嗯……"他想了一会儿,"嗯,其实是一个错误的记忆。我抬头看天,堡垒飞过。"

"你是指轰炸机?"范妮说。

"对。美式 B-17。战争已经快结束了。我坐在婴儿车里,我母亲推着我去附近公园里呼吸新鲜空气。我们当时住在肯特郡的法弗舍姆,飞机经常从头顶上飞过。但是这回一定是一次特别大的空袭,有上千架战斗机,队列很整齐。那天天空很蓝,很晴朗,突然间,空气中充满了一种强烈悸动的、咆哮的噪音,就好像整个天空都在随着一个巨大的发动机振动。公园里所有人都停下了他们手头的事情,半挡住眼睛,抬头看天。我开始大哭,我想我是被那种噪音吓到了。我母亲说：'没事儿，艾德里安，只不过是飞翔的堡垒。'我眯起眼看天，飞机飞得太高，看不见了，只能看到白色的蒸汽尾迹，就好像在蓝天上画过的粉笔线。但是我不知怎么地，坚信自己还能看见它们。只是我认为我看到的不是飞机，而是堡垒——方形的、坚固的建筑，有吊桥、城垛，旗帜猎猎，魔法般飞过天空。好几年间，我不断地丰富这一想象，直到我去上了托儿所，画了一张飞翔的堡垒的画。我解释这些东西是什么的时候，老师嘲笑了我。"

"这是一个很好的故事。"范妮说。

"谢谢你。"艾德里安说。

"只不过你是在二战结束两年后才出生的。"她说。

"非常正确。"艾德里安说。

"而这一记忆属于你第二本小说的主人公。"

"又对了，"艾德里安说，"我只是在测试你。"

"既然我已经通过了测试，也许我们可以停止游戏，继续我们的采访了？"

"要不要先来点午餐？"他说。

"午餐？"范妮听起来并不热心。

"对，埃莉在冰箱里给我们留了一点冷盘和沙拉。我可以开一罐汤。"

"我平常不吃午餐，"她说，"但如果你饿了，我可以坐下来陪你，一边啃点儿什么一边聊。"

"你不吃午餐？"艾德里安说，"但令萨姆特别生气的一点就是，你在吃完他给你准备的美味炖三文鱼之后还这样攻击他。"

"大部分都被他自己吃了，其实，"范妮说，"大部分酒也被他自己喝了。但是请便吧——如果你想吃，你就吃吧。"

"不，没关系的。"艾德里安说，"事实上，我自己也常常不吃午餐。我在减肥。自从我放弃写小说之后，我就更加注意健康了。"

"那很有趣。"范妮说，"为什么会这样，在你看来？"

"我想，当我在追求文学上的不朽的时候，我不怎么考虑凡人必有一死。"艾德里安说，"当我还是一个小说家的时候，我整天嘴里叼着烟斗，早餐吃油炸食品，晚餐喝大半瓶酒，几乎从不锻炼。而现在，我会检查每一包食物上的卡路里信息，少吃盐和糖，按单位计量我的酒精摄入量，每天慢跑。我唯一沉溺的只有桑拿了。"

"我不会把桑拿定义为不良嗜好。"范妮说。

"但是蒸完桑拿之后的感觉——你不觉得很欣快吗?"艾德里安说。

"我就试过一次,觉得很讨厌。"她说。

"你是在哪儿蒸的?"艾德里安问道。

"噢……某个酒店的'休闲套餐'。"她说。

"我猜你当时穿着泳装。"

"是的,当然。"

"但你蒸桑拿的时候什么都不该穿!"他语气激烈,"衣服会束缚身体,干扰排汗。这种方式完全是错误的。"

"我当时无从选择,"她说,"那个桑拿房是男女混合的,就在泳池旁边。"

"我懂,"艾德里安说着,一边摇头,"我打赌里面挤满了从泳池出来就直接进桑拿房的人,坐在那儿,浑身冒着充满消毒水味儿的蒸汽……"

范妮没有否认。

"英格兰人真是不懂怎么蒸桑拿,"艾德里安说,"够让人想哭的。"

"那应该怎么蒸桑拿?"范妮问道。

艾德里安将扶手椅里的身体前倾，用一种相当投入的语调说道："首先，要冲个暖和的淋浴，然后擦干全身，再做一个暖和的足浴，泡一泡脚和脚踝，促进血液循环，然后进到桑拿房里去，在板凳上坐着或者躺着都行——越高的位置就越烫，大概蒸十到十五分钟，直到全身汗如雨下，然后再冲一个长长的冷水浴，或者跳进冰冷的湖水里——如果附近有湖的话，在新鲜的空气里走走，再用浴巾把自己包起来，最后在一个暖和的地方放松。"他叹了口气，"这种体验无与伦比。"

范妮很显然被迷住了。"你到哪儿去蒸这种桑拿？"她说。

"在我的后花园。"他说。

"你是说，你在这儿有自己的桑拿房？"

"噢，是的。"他说，"不过，没有湖。但我刚刚建好了一套系统，可以淋浴和泡冷水澡，你要不要看看？"他做了个手势，指向房子后面。

"也许晚点再看吧。"范妮说。

艾德里安盯着她，闪烁的眼神表明他有了个主意。"实际上……你可以亲自尝试一下。如果我不能有幸为你提供午餐的话，我们可以一起蒸个桑拿。"

这回轮到范妮盯着他看了。"你说什么？"她说。

"你可以亲自发现真正的桑拿是什么感觉。"他说。

"不，谢了。"

"为什么不？"

"我裸体状态下一般不做采访。"她说。

"噢，蒸桑拿的时候是不讲话的。"艾德里安说，"要沉浸在热力之中。蒸完后才能讲话。"

范妮沉默了。她看着艾德里安，似乎想读解他到底什么用意。

"你有什么好怕的？"艾德里安说，"我可不会冒险被曝光成《前哨报》上的色情狂，是不是？"

"你知道，光这一个提议，我就可以从中发挥出相当多的东西。"她说。

"嗯，的确可以。"他说，"艾德里安·勒德洛邀请我尝试他的私人桑拿，就像一般人给到访者倒一杯酒那样随意。他向我保证我没必要穿泳装，我找了个借口，离开了。"

"我没有要走的打算。"范妮说，"我的采访还没结束呢，还有好多问题要问。"

"忘了它们吧。"艾德里安说。

"什么?"

"把提纲撕了。让我们蒸完桑拿后重新开始。不做采访,没有设定好的问题和答案,没有伪装,没有假意,没有博弈。就是两个人的对话,按照自然的状态发展。你说怎么样?"

范妮凝视着艾德里安。他毫不退缩。

"我给你拿浴袍和毛巾,带你去更衣的地方。"他一边说一边站起身。

"是什么让你觉得我已经同意了呢?"她说。

"你还没同意吗?"他说。

范妮慢慢地站起身来。"我要包着毛巾蒸。"她说。

"请便。"他说。

范妮磨蹭了一会儿,拿起录音机,关掉,又重新放在咖啡桌上。艾德里安拉开厨房的门,等着她。"要从这儿过。"他说。

范妮看起来下定了决心。她直起身,穿过房间,走过了那道门,一眼也没看艾德里安。他跟着她,门在两人身后关上了。

3

差不多四十分钟之后,范妮回到了小屋的起居室,瘫在躺椅上,身上裹着一件白色的毛巾料浴袍。她的头发还湿着,双脚赤裸,眼睛也闭着。一架飞机从头顶轰鸣而过。艾德里安从厨房门进来,也穿着一件白色毛巾料浴袍,脚上是一双橡胶人字拖。他端着一个托盘,上面放着一盒橙汁和两只平底玻璃杯。他一边把托盘放在餐桌上,一边望向范妮。

"感觉怎么样?"他说。

"极乐之境,"范妮说着,睁开眼睛,"你让一个人皈依了。"

"很好。"艾德里安倒了两杯橙汁。

"你说得很对,"范妮说,"裸蒸桑拿确实舒服多了。"

艾德里安自鸣得意地微笑了。"你现在该喝点东西了，补充失去的水分。"他边说边递给她一杯橙汁。

"谢谢。"说完，她从躺椅上坐起来喝橙汁。"你自己是怎么开始蒸桑拿的？"

"那是好多年前在芬兰中部的一次作家会议，我们当时要选一个游玩项目：要么是一趟小镇之旅，导游带着四处转转，跟参观米镇①差不多；要么在附近的湖边来一次传统的烟熏桑拿。我选了烟熏桑拿。"

"那是什么？"范妮伸出一只手，打开磁带录音机。

艾德里安俯身朝向那只小机器，故作正经地念道："烟熏桑拿——"然后换用正常的声音说："是用柴火加热桑拿房，让房间内充满烟雾，然后，在屋顶上开一扇大小刚好足以让烟飘出、却不会散出热量的天窗。进去之后，整个屋子闻起来是香喷喷的焦木味儿，墙壁和板凳上都布满一层油烟。很快，你也全身都是油烟。热力超级巨大。汗水像小河一样在身上流淌。"

"在油烟上冲出一道道痕迹。"

---

①米镇（Milton Keynes），英国中部的一个名不见经传的小镇，英国政府战后投资新建的人工新城。

"没错。当时好多著名作家都挤在桑拿小屋里,摩肩接踵,看起来像涂满油彩的野人,闻起来像香喷喷的烤肉排。"

"男女一起吗?"

"不,很奇怪,芬兰人在这一点上很守旧,不像你以为的斯堪的纳维亚人那么豪放。女士另有专门的区域,我们之后才和她们会合,一起喝啤酒、吃香肠。"

"听起来很有趣。"

"是的,是很有趣。后来有一天,有一场芬兰作家和其他国家作家之间的足球赛,是在午夜的阳光下踢的。"

"谁赢了?"

"我们赢了,三比二。结果发现格雷厄姆·斯威夫特是一个相当不错的中卫,我记得没错的话。"

"你现在还参加这些文学旅游吗?"范妮问道。

"我不再收到邀请了。"他说。

"相比之下,不得不守着盖特威克机场航道下方的乡间小屋过日子,这种生活一定相当乏味吧。"

"完全不是,"艾德里安说,"我从中获得了一种深切的满足感,因为我再也不必成为机场航站楼里焦虑、拥挤的人群中的一分子。尤其是在一年中的这个时候。"

"我知道,我也害怕这个,但是我需要度假。"

"什么样的假?"

"传统的度假。我喜欢一整天都躺在泳池旁晒太阳,手边是一沓报纸,还有大杯大杯的冷饮。我们今年要去土耳其,你们呢?"

"我们不再像这样度假了。"艾德里安说。

"不度假了!"

"其实,没了很多东西你也完全过得下去,你知道,如果尝试一下的话。出国度假,新车,新衣服,第二套房子,赚钱,花钱。这并不是真正的生活。"

"你放弃写小说以后,就把这些全都放弃了?"

"对的。这叫作'生活减速',我在一篇文章中读到过。"

"生活减速是一种相当晚近的现象。"范妮说。

"我们是先锋。"

"是在美国兴起的。"

"不,是从这里开始的。"艾德里安笃定地说,"你住在哪儿?"

"克勒肯维尔的一套阁楼公寓。"

"你和克莱顿合租的?"

"对。"

"他是做什么的?"

"事务律师。"

"噢。所以如果你的某一个受害者决定起诉你的话,克莱顿就派上大用场了。"

"他是一个商务律师,"范妮说,"而且我希望你不要再用那个词了。"

"克莱顿?"艾德里安说。

"受害者。受到攻击对公众人物而言应该是意料之中的事。其他人也喜欢看到他们轻微地头破血流。"

"啊,那么你是承认了?"

"当然,这就是人性。在你读我写萨姆·夏普的文章时,难道就没有觉得——在同情、愤怒以及各种对朋友应该有的感情之外——难道你就没有感到一丝丝暗中的畅快和愉悦?说实话吧,现在。'没有伪装,没有假意。'"

她的身体有意地向前倾,逼他和她对视。

"好吧,好吧!"艾德里安说,"我承认了。"

范妮满意地叹息了一声,放松了下来。"谢谢你。"

"但是这是一次多么糟糕的供认啊,"艾德里安说,"我多么恨你,你让我把快乐建立在了朋友的痛苦之上。"

"用痛苦这个词有点儿太抬举萨姆·夏普那受伤的自尊心了,你不觉得吗?"范妮说。

"你年纪这么轻,有点儿太犬儒了。"艾德里安说,"你看到你的文章被印出来,就没有一丝丝哪怕是最微弱的自责吗?"

"没有。"

"说真话吧,现在。"他模仿着她质询的架势。

"我为什么要自责?"她说,"我发挥了一种有价值的文化功能。"

"噢,什么功能?"

"如今天花乱坠的宣传到处都是,人们混淆了成功和真正的成就。我提醒人们,二者之间存在区别。"

"所以你就可以嘲笑别人的假发和牛仔靴了?"

"有时,这是刺破他们自我中心的唯一方式。你的朋友夏普先生是有天赋的,但他并没有努力让这种天赋更好地发挥出来。他写得太多了,太快了。为什么?"

"他有一个前妻要养。不对,两个前妻。"

"他赚的越多,要付的抚养费就越多。让他过量产出的并不是他对金钱的需要,而是他的懒惰。"

"萨姆——懒惰?"

"对。他用电脑生产出源源不断的剧本,就好像生产流水线上的汽车,完全不给自己时间去评估产品的质量。如果评论不佳,他只会耸耸肩,因为他已经忙着去弄下一个项目了。雇他工作的那些人可不会给他客观的批评。他们感兴趣的只是成本、截稿期限和收视率。这就是我要介入的地方——去质疑他的'成功'的性质。他的下一部剧本会比之前好一点儿,因为那天我刺痛了他的自尊心。"

"唔……"艾德里安说。

"你听起来充满怀疑。"范妮说。

"呃,萨姆和我认识很长时间了。要改变他,需要的可不止这一点儿刺痛。"

"你们上的是同一所大学,是不是?"范妮说。

"是的。开学第一周,我们被分到同一个辅导小组。我们变得形影不离。住同一间宿舍,编同一本杂志,一起写讽刺小品,一起喝醉……"

"你的一本小说结尾有这样一幕,两个本科生在期末考试之后喝醉了……"

"《沙拉岁月》。"艾德里安笑了起来,"是的,原型就是我们俩。我从学联里出来,萨姆在那儿,在校园中央穿来走去,手里拿着一瓶酒找我。我们之前已经喝了一下午的酒了,然后不知怎么回事就分开了。他看到我的时候,脸因为喜悦而发亮了,他挥手,想朝我跑过来。只不过他已经喝得太醉,大脑已经混乱,搞不清该怎样给他的腿下达正确的指令。最后,他移动的方向不是朝向我,而是远离我,他开始后退着跑。我能看到他的脸上充满了疑惑和警惕,就好像他被某种无形的力量挟持了,但他越是努力挣扎着要跑向我,就后退得越快。直到最后,他失去了平衡,四脚朝天摔在一个花坛上。那是我这辈子见过最有趣的景象。"艾德里安又笑了。"至少那个时候看起来是这样。"他说完,意识到范妮并没有笑得那么起劲。

"是的,书里还挺有趣的,"她说,"但是也很悲伤。主人公感到一种……"

"噩兆。"

"对。他预感到以后的日子里,他们将怎样渐行渐远。"

"那是后见之明了,"艾德里安说,"当时我并没有这种感觉。"

"但是后来真的就这样分开了吗？你和萨姆·夏普？"

"这是不可避免的。那种友谊只属于青春，不可能延续到成人世界。你们的生活开始分化：你们开始不同的职业道路，各自结婚，养育家庭……"

"你觉得你们大学的友谊里有没有同性恋的成分？"范妮说。

"老天，没有！"艾德里安强调道。

"我不是指任何直接的生理层面，"她说，"但无意识的同性吸引总有吧？"

"绝对没有。"艾德里安说。

"这个提法为什么给你造成这么大的困扰？"范妮说。

"啊，我发现这是个弗洛伊德式的两难情境，"艾德里安说，"是就是确认，不是就是否认，我恐怕你是找错目标了。大部分时候，我们都共同爱着埃莉。"

"埃莉？"

"我的妻子。"艾德里安简短地说。他看起来已经在后悔主动提起她的名字了。

"哦，明白了。"范妮说，"哦，我懂了！所以你的妻子就是《沙拉岁月》里的那个女孩——她的名字是什么？菲奥娜？"

"不，不，埃莉诺是完全不同类型的人。"艾德里安说。

"但她在你和萨姆的关系中处于同样的位置，就像菲奥娜和小说中的两个年轻人一样？"

"某种程度上吧。"艾德里安说。

"在书里，他们实际上有一段时间是在分享菲奥娜。"范妮说，"她和他们俩都上过床。"

"听着，我宁愿不再讨论这个话题，如果你不介意的话。"

"我本来以为我们的对话应该自然发展。"范妮说。

"关于我的部分，确实是。现在是和埃莉有关。"

"所以她确实和你们两个都睡过？"

"我没这么说。"

"如果她没有的话，你的态度不会这么防备。"

艾德里安沉默了，似乎在考虑他还要不要开口说话。"不，我很抱歉。"他慢吞吞地说着，摇着头。

"私下聊天，不公开。"范妮说。她伸手关了她的录音机。

"私聊的话，对你还有什么用处？"

"我告诉过你了，我的兴趣不只是工作范围内。"

"我怎么知道我可以信任你？"

"进桑拿房的时候，我也信任你了，"范妮说，"我怎么知道可以信任你？"

艾德里安犹豫了好一会儿，然后开口道："好吧，我告诉你。但这绝对是私聊。"

"绝对是。"范妮支起浴袍之下的膝盖，就好像一个小孩等着听故事。

"大二的时候，我和萨姆给戏剧协会写了一个剧本，埃莉来参加选角试镜，我们俩都对她一见钟情，她也喜欢我们。两个人都喜欢。我和萨姆不愿意让她影响我俩的关系，所以养成了干什么都是三个人一起的习惯。我们的同学都搞不大清楚我们之间到底怎么回事，我们也乐意让他们一直猜来猜去。"

"那到底是怎么回事？"范妮问道。

"性层面上，什么也没有。我们常常坐在一起抽大麻，有时三个人会抱在一起，但是再没有更进一步的了。然后有一天，萨姆收到父亲病重的消息，必须立刻回家。埃莉和我第一次独处。一天晚上，我们吸了一些不错的大麻，非常沉醉，最后我们上床了。萨姆回来之后——他的父亲后来病好了——我们觉得应该告诉他实情。他狂怒，控诉我们背叛了他，摧毁了三个人曾经有过的如此美妙、独特的关系。埃莉和我试图告诉萨姆，并不是我们有意谋划的，事情就这么发生了。但他不愿消气，直到……"艾德里安停住了。

"直到埃莉主动提出也和他睡一次。"范妮说。

"是的。她说，这样一来，我们就全都回到平等状态了。我永远忘不了她说这话时萨姆脸上的表情……事实上，我们俩都惊讶得不知该说什么好。看上去这是一个如此慷慨的姿态。好像一下子就废弃了所谓的嫉妒，所谓的私有制。你知道，那是60年代——我们认为我们在重新发明性关系。所以第二天晚上我就自觉退场了，埃莉和萨姆上了床。后来我和他从未讨论过此事，我们三个人又恢复了那种纯洁的、柏拉图式的关系。但当然不可能完全一样了。我们已经偷吃了禁果，至少咬了一大口。最终，埃莉不得不在我们当中做出抉择。"

"在小说里，"范妮说，"女孩同时和两个男孩睡的状态持续了好长一段时间。"

"那都是虚构的。你没注意到吗，小说里的性通常都比现实生活里的要多，"艾德里安说，"不管怎么说，在进行了大量令人沮丧的、不愉快的关系实验之后，埃莉选择了我。当然，小说里面这两个人谁也没有和她结婚，三个人都走了不同的路。"

范妮等着艾德里安继续补充，但他不再说话了。"真有意思，"她说，"谢谢你。"

"现在，我认为你也应该告诉我一些隐私程度相当的事，关于你自己的。"他说。

"为什么？"

"看起来这样才公平。"

"好吧，"她说，"你想知道什么？"

"呃……告诉我你的文身是怎么回事。"

范妮看起来有一点儿不自在。"我的蝴蝶？"

"刚才我没法不去注意它……"他朝桑拿房的方向比画了一下，"你文这个，是不是因为你身体里那个埃塞克斯女孩想破茧而出？"

"不是，我是为了我的男朋友文的。"范妮说。

"克莱顿？"

"天啊，不是。那是好多年前的事了。"她说，"我高中毕业，还没上大学。那一年我有一点儿野。他的名字叫布鲁斯。他是一个摇滚音乐家，全身都是文身。他不停地催我也去文一个，我当时太迷恋他，就同意了。这文身真够烦的，意味着夏天我再也不能穿无袖连衣裙了。"

"噢，我认为它挺迷人的，看起来好像一只蝴蝶刚刚歇在你的肩膀上。"

"很不幸，它的翅膀上还刻了布鲁斯的姓名首字母缩写。"

"那我倒没注意。"

"要是露出来的话，免不了会成为鸡尾酒会上一个冗长的谈话主题。"

"是的，我能看出会很尴尬。去不掉吗？"

"是的，除非做皮肤移植。"她拉下了一侧肩膀的浴袍，斜瞥着文身，"一丁点儿都没褪色。布鲁斯给我打了一个一生的烙印，真该死。"

艾德里安站在离范妮很近的位置，仔细研究文身。"B. B.。"他念道。

"布鲁斯·巴克斯特。"

"文的时候疼吗?"

"疼死了。"

"现在呢?"

"噢,现在什么感觉也没有。"她说。

"文得可真精细,你知道。"艾德里安用手指抚摸着文身的外部轮廓。

这是他第一次触摸她——进门时那次正式的握手不算——而且是一次很亲密的触摸,已经到了情色的边缘。两个人都突然僵住了,意识到这是千钧一发的时刻,于是一动不动,好似古典建筑横梁上的人像浮雕。艾德里安任凭指尖轻按着范妮的皮肤,像一个好奇的昆虫学家那样研究着这只蝴蝶。范妮的目光紧盯着他的指尖。谁也没说话。打破沉默的是埃莉诺。

"我打断什么了吗?"她站在厨房门边说道。

艾德里安原地转过身来,从躺椅旁跳开。范妮拉起浴袍遮住肩膀,站起了身。

"埃莉!"艾德里安惊呼,"你回来早了,我没听见汽车。"

"对,刚到村子外面它就抛锚了。我是穿过田野走回来的。"

"这是范妮·塔兰特。"

"我想应该就是。"埃莉诺说。

"哈喽。"范妮说。埃莉诺有意对她视而不见。

"我们刚刚蒸了桑拿。"艾德里安说。

"多好啊。"埃莉诺冷冷地说。

"汽车是怎么回事?"艾德里安说。

"我不知道,"埃莉诺说,"我想大概就是没油了。"

范妮努力抑制着不笑。艾德里安察觉了这一点,苦笑了一下。

"我说了什么搞笑的话吗?"埃莉诺问。

"没有,只是……别管了。"艾德里安说。

"我最好还是换一下衣服,"范妮说,"不好意思。"她穿过厨房门走了出去。

"我没想到你回来得这么早。"艾德里安对埃莉诺说。

"看出来了。"她说。

"埃莉!别犯傻。"

"罗斯玛丽的偏头痛又犯了,所以我提前回来了。"埃莉诺说,"她不穿衣服看上去怎么样?"

"真的不好说。桑拿房里很黑,你也知道。"

"那冲澡的时候呢?"

"我没有和她一起冲澡。我一直待在桑拿房里,直到她——"艾德里安做了个不耐烦的手势,"我不知道我为什么要玩这个愚蠢的游戏。我要去换衣服了。"他向厨房走了几步,然后看起来又改变了主意,大步流星地走向门厅,上了楼。

埃莉诺站了一会儿,紧紧抓着餐桌边缘,皱着眉头想问题。然后,她在房间里慢慢走动,似乎在寻找线索。她注意到咖啡桌上范妮的磁带录音机,拿起来,翻来覆去看了看,好像在琢磨里面有什么。这个小机器没有扩音器。她瞥了一眼书架上的高保真音响,运转灯还亮着。埃莉诺走过去,按下控制板上的播放键,扩音器里传来空白磁带转动的嘶嘶声。她按住回放键几秒,停下,播放。扩音器里传来她自己的声音,然后是艾德里安和范妮的说话声。

"……大概就是没油了……我说了什么搞笑的话吗?"

"没有,只是……别管了。"

"我最好还是换一下衣服……不好意思。"

埃莉诺又按住几秒回放键。然后停下，按下播放。

"他是一个摇滚音乐家，全身都是文身。他不停地催我也去文一个，我当时太迷恋他，就同意了。这文身真够烦的，意味着夏天我再也不能穿无袖连衣裙了。"

"噢，我认为它挺迷人的，看起来好像一只蝴蝶刚刚歇在你的肩膀上。"

埃莉诺做了个鬼脸，停下磁带。她刚要走开，却又转回来，想再试一次。这一次，她多按了一会儿回放键，然后才按了播放。她听到了艾德里安的声音。

"……好像一下子就废弃了所谓的嫉妒，所谓的私有制。你知道，那是60年代——我们认为我们在重新发明性关系。所以第二天晚上我就自觉退场了，埃莉和萨姆上了床。后来我和他从未讨论过此事……"

埃莉诺以一个非常突然的动作按下了停止键，切断了声音。她呼吸急促起来，看上去非常震惊，继而是愤怒，持续了足足一分钟。然后，艾德里安又出现在门厅入口，穿了一套和他早些时候不同的衣服，裤脚塞在袜子里。

"我带一桶汽油，骑车去看看车还能不能发动。"他说。埃莉诺背对着艾德里安，没有回答。"车具体在哪儿？"他问道,"村子这边吗?"埃莉诺还是一声不吭。

他走进了房间。"埃莉?"他说话的声音明显不耐烦了。

"你怎么能这样?"她说。

"哪样?"

埃莉诺转身对着他。"像这样背叛我。"

"看在老天的分儿上,埃莉,不过是蒸了个桑拿!"他说,"什么也没发生。"

"我不是在说那个该死的桑拿,"埃莉诺说,"我是说你告诉她我的事情,我的隐私。"

"你什么意思?"他说。然而他脸上的表情明明白白写着:"你怎么知道的?"

埃莉诺按下了控制板上的播放键。

"……我们三个人又恢复了那种纯洁的、柏拉图式的关系。但当然不可能完全一样了。我们已经偷吃了禁果,至少咬了一大口。最终,埃莉不得不在我们当中做出抉择。"

"噢,糟糕!"艾德里安说。

"在小说里……"

艾德里安关掉了高保真音响。"这是不列入记录的。"他说。

埃莉诺指着音响。"录得他妈的清清楚楚!"

"我是说,谈这段话的时候她关掉了她的录音机,我忘了我的还开着。"

"我不关心哪个开着,哪个关了。"埃莉诺说,"你把我非常重要的个人隐私告诉了一个完全陌生的人,你谈论我,却没有经过我的允许。"

"我很抱歉,埃莉,但是——"

"真是骇人听闻。我简直不敢相信。"

"埃莉,听着,我来告诉你发生了什么。我不小心说漏了嘴,关于我们的学生时代,我和萨姆怎么遇到了你,然后她马上就抓住不放——"

"意外,真意外!"

"我想的是,最好的办法就是对她直言不讳,但只是私聊,不予发表。这样的话,她就什么都不能写出来。"

"不能写,她为什么还会感兴趣?"

"这个问题我问过她了,"艾德里安说完,稍微定了一点儿神,"结果发现她大概是有点儿粉丝心态,实际上……"

"噢,多好啊!她是不是还带了一本书来给你签名?"

"呃，的确是，她带了。"艾德里安说。

"看在老天的分儿上！你跟萨姆一样糟糕！"埃莉诺说，"你们俩就爱吃女性奉承这一套，简直像嗷嗷待哺的婴儿——你仰望她，然后使劲吮吸、吮吸。"艾德里安默默承受了这一谴责。"你还告诉了她什么'不列入记录'的事情？"埃莉诺说，"你告诉她我流过一次产了吗？"

艾德里安看上去很震惊，也很警觉。他瞥向厨房的门，放低音量。"我当然没有，"他悄声道，"你疯了吗？"

"我没疯，但是我觉得你疯了，"埃莉诺说，"那要是她自己发现了呢？"

"不会的。她发现不了。"艾德里安说，"任何情况下，你、我和萨姆之间的故事是完全保密的。她向我保证过。"

"你相信她了？"

"是的，"他说，"我相信她。"

范妮穿过厨房门走来，打扮一新，收拾得和她早上到的时候一样利落整洁。

"噢，你回来了。"艾德里安说。埃莉诺转身背对范妮，努力调整自己的状态。艾德里安走向门廊。"我正要去给汽车加油，是在村子这边，是不是，埃莉？"

"是的。"埃莉没有转身。

"如果汽车还能发动的话,我可以送你去火车站。"艾德里安对范妮说。

"谢谢,不用麻烦你了。"她说。

"不麻烦,一会儿就回来了。"在她还能拦住他之前,他就走出了房间。

"不,请别——"范妮在他身后叫道,但他要么是没听见,要么就是不愿意听。她们听到前门在他身后关闭的声音。范妮叹了口气。"其实我在厨房的时候就已经自己叫了一辆出租车。"她对埃莉诺说。

埃莉诺转身面对着她。"你要赶哪班火车?"

"能赶上的最早一班。"

埃莉诺瞟了一眼手表。"你刚刚错过了一班,得再等上差不多一个小时,要么就全程打车去盖特威克。"

"那就那么办吧。"然后是一阵沉默。

"真是尴尬。"范妮说。

"是的。"埃莉诺说。

"我希望你不要匆忙下结论……"

"什么结论?"

"我们蒸了个桑拿,仅此而已。没有任何……性的成分。"

"你认为浑身赤裸、和一个陌生男人坐在一个丁点儿大的木盒子里,没有任何性的成分?"埃莉诺说。

"我感觉还挺舒服的。没有任何身体接触。"

"我进来的时候,他似乎正在对你进行身体接触。"

"我在给他看我肩膀上的一个文身。"

"我懂了。所以文了文身就不是身体了,我想。"

"听着,我很抱歉。现在看来,桑拿这主意可能确实不太好,但他当时可以说是在挑衅我,而我向来受不了被挑衅。"范妮走到咖啡桌边,拿起了她的录音机。

"你为什么要来这儿?"埃莉诺说。

"来采访你的丈夫。"

"是,但是为什么要采访他?他不再是一个有名的作家了。"

"这正是我感兴趣的地方。我想知道他为什么停止了写作。"

"那你知道了吗?"

"我想是的,"范妮说,"他告诉我,他已经没什么要说的话，值得他劳神费力地构思出另一个故事说出来了。"

"他真的是这么说的？"埃莉诺说。

"不是所有作家都有这样的谦卑。"

埃莉诺"哼"了一声，含义非常明显。范妮瞥了她一眼，突然对她产生了兴趣。埃莉诺还沉浸在抑制不住的愤怒之中，没注意到她的这一瞥。

"你不同意吗？"范妮说。

"我已经花了太多时间，去尝试扶持他的自尊。"

趁埃莉诺没注意，范妮打开了她的录音机，继续把它拿在手上。"呃，"她闲扯道，"弗吉尼亚·伍尔夫在什么地方说过，身为一个作家，最糟糕的事情就是对赞美太过依赖。"

"这也是嫁给一个作家最糟糕的事情，"埃莉诺说，"如果你对他们的作品不感兴趣，他们就很生气，但如果你感兴趣，他们会觉得你的评价不值一提。"

"确实不值一提，"范妮微笑了，"毕竟不是专业评论。"

"艾德里安的第一本书获得了极佳的专业评论，"埃莉诺说，"这是在他身上能发生的最糟糕的事情。"

"为什么？"

"他一直觉得他还能重复这种成功,再一次好评如潮。这当然是不可能的。每一本小说带来的都是比上一次更糟糕的折磨。出版日前后,这间房子里的空气简直紧张到让人无法忍受。那时候,他会一大早就穿着睡衣和拖鞋,坐在楼梯上,等着报纸从信箱里递进来。然后,我一起床,他就叫我去把其他报纸拿进来。"

"他为什么不自己去拿?"

"因为他喜欢在别人面前假装他懒得读评论,假装他把整理评论的事情都扔给了我。有段时间,确实也是我在做这些事。我只给他一个比较笼统的说法——《观察家报》是 B+,《每日电讯报》A-,等等。C 和 D 我就不告诉他了。但是没用,我不在的时候,他会把报纸重新从文件柜里翻出来,然后我一看他在屋子里闲逛时的那种阴郁就知道,他又发现了一篇差评。"

"那种时候跟他一起生活,一定非常困难。"

"困难!简直是不可忍受。所以儿子们一长大成人就马上离开了家……在苦恼于创作和出版后受煎熬之间,大概能有三个月的时间,他可以像一个正常人一样。然后又开始一轮新的循环。"

"这个循环为什么在《走出深处》之后就停了?"

"他的出版商对这本书挺满意。某个白痴往艾德里安的脑子里灌进了一个想法,说他会得布克奖,天知道他还说了什么。嗯,等书出版之后,反响还是那样褒贬不一,有一些好评,有一些中评,还有好几个自作聪明的年轻人为了博出名写了差评。这本书甚至连布克奖的提名都没有。艾德里安陷入了一次深深的抑郁,我不得不努力在外人面前隐瞒此事——他的出版商、经纪人、朋友,以及整个世界。我真是再也受不了了。"

"你威胁他要离开他?"

"是慢慢到这一步的。但他也已下定了决心,他也受不了了,他说他已经写不出小说了。于是我们把伦敦的房子卖了,搬到这儿,开始了一种不同的生活……所以……这也算是一种解决方案吧,但说不上是勇敢。"

"我承认,我挺失望的。"范妮说。

"为什么?"

"呃,他对我来说确实曾经是某种偶像。"

埃莉诺不安地看看范妮。门铃响了。

"应该是我的出租车。"范妮说。她关掉了她的磁带录音机。埃莉诺这次警觉地注意到了。

"你没有在录我说的话吧,是不是?"

"不,我录了。"范妮说完,"咔嚓"一声打开她那小巧公文包的包扣。

"你没有征得我的同意。"

"这有什么区别吗?"

"你没权利这么做。"

"你一开始并没有声明这是不列入记录的。"

"我知道,但是……"埃莉诺一时语塞了。

"但是什么?你为什么把这些事都告诉我?"

"我很沮丧。"

"你在生你丈夫的气,所以你就把他卖给了我。"范妮把录音机放进公文包,关上包扣。

"把磁带给我。或者把我说的话删了。"

范妮摇了摇头。"抱歉。"门铃又响了。"我得走了。"

埃莉诺想拦住她去门厅的路。范妮停住了,她站直身体,把公文包护在身体一侧。"听着,我是希望你别被蒙在鼓里,"埃莉诺说,"但我并不一定想要你发表出来。"

"不一定?"范妮讽刺地回应道。

"求你了。"

"你知道我是以什么谋生的。"

两个女人彼此对视了一会儿。然后埃莉诺开口道:"是的,你摧毁别人的生活。你险恶地奉承他们,潜入他们的家,诱使他们说出一些没有防备的话,然后背叛他们的信任,凿沉他们的自尊,毁灭他们心灵的安宁。这就是你谋生的手段。"

门铃又响了。

"再见。"范妮说完就走了。一秒钟之后,埃莉诺听见了前门"砰"的一声关上了。她在餐桌旁的一张椅子上坐了下来,凝视着眼前的空无,或者说,凝视着未来。她的怒气已经无影无踪了,只剩下满脸的懊悔和担忧。

4

大约两周后的一天清早,埃莉诺坐在同一张椅子上,几乎是同一种坐姿,唯一的区别是她面前的桌子上有一只马克杯,里面有半英寸冷掉的茶底。她的睡裙外套着晨衣。天已经亮了,但还有点阴,田野上笼罩着一层湿雾。从小屋的窗子向外望,景色看起来像是只有黑白两色。远处,一只公鸡在打鸣。埃莉诺听到有车靠近小屋的声音,顿时紧张起来。车缓缓开进车道,轮胎悄悄地从碎石块上压过。发动机熄火了。然后是轻轻的"哐"的一声,车门关上了。埃莉诺飞奔向门厅,拉开前门的门闩。当她打开门时,萨姆·夏普站在门外。

"天哪!谁都不是,偏偏是你。"埃莉诺说。

"我知道太早了,但是——"

"进来吧。"她说道,尽管语调并不是特别欢迎。

她领他进了起居室。"我刚刚坐红眼航班从洛杉矶飞回来。"他说。他穿着一套皱巴巴的亚麻西装,衣领上还有食物的污渍,胡子也没刮。"想着说如果你们已经起来了,我就可以来拿我的陶瓶。你也确实起来了。"

"你说你要去一个月的。"埃莉诺说。

"我改计划了。你们怎么样,最近?"他朝埃莉诺倾过身子,想在她的脸颊上亲一下,但她躲开了,又在餐桌边坐下。

"我不想亲你,萨姆。"

萨姆变得有点不安。"噢,"他举起手背摸摸腮帮,"胡楂?口气?"

"我很生你的气。"

"为什么?我做什么了?"

"你把范妮·塔兰特这条毒蛇引进了我的家门。"

萨姆看上去很惊讶。"你是说她采访过艾德里安了?"

"对。"

"他为什么没跟我说?他写那篇她的人物稿了吗?"

"据我所知没有。但是范妮·塔兰特已经把她的稿子写好了。"

"给我看看。"萨姆说。

"我还没看到。这就是为什么我会这么一大早起来的原因。我在等星期天的报纸。"

"你怎么知道一定是今天的报纸?"

"上个星期天的报纸已经预告了:范妮·塔兰特追踪艾德里安·勒德洛至他的隐匿之地。"

"听起来还行啊,"萨姆说,"也许是一篇夸赞的稿子。"

"不会的。"埃莉诺说。

"你怎么知道?"

"说来话长。我尽量言简意赅吧。坐下。"

"我能先喝点咖啡吗?"

"不行。"埃莉诺说。

"不行?真的'不行'?"

"听着,你去死吧!"埃莉诺说。

最后,萨姆终于隐隐约约意识到了事情的严重性。"好吧,好吧。"他说完,乖乖坐下了。

"你们那愚蠢的计谋奏效了,在一定范围内。艾德里安的经纪人——"她停下来,盯着萨姆,"你的假发去哪儿了?"她说。他头顶中央一大块头皮都秃着。

"被我扔了。"萨姆有点不好意思地说。

"为什么?"

"在加州的时候它特别讨厌,在泳池里不停地往下掉……你继续说。"

埃莉诺告诉萨姆,他们如何安排好了采访,她并不赞同,所以那天特意出门不在家。"但我比预定计划回来得早了一些。"她停下了,回想着那个时刻。

"你别告诉我说发现他俩在床上吧?"萨姆说。

"还不至于是那么俗套的桥段,"埃莉诺说,"但他俩刚一起蒸完桑拿。"

"桑拿?你是说,裸体的那种?"

"我是这么认为的。"

"老天呀!"萨姆惊呼,还有几分嫉妒。

"我进来的时候,他俩正穿着浴袍闲聊。她的浴袍拉到了肩膀以下,因为她在给他看她的文身。"

"什么样的文身?"萨姆说。

"这有什么关系?"埃莉诺恼怒地说,"一只蝴蝶。"

"舞似蝴蝶,毒似蜜蜂。"

"不如说更像一只蝎子。她应该在屁股上文一条蝎子尾巴。"埃莉诺说,"反正,我看到这样的场面并不是很开心,尽管我也不认为他俩之间真的发生了什么——"

"你挺容易相信别人的。"萨姆说。

"他是桑拿狂热分子,你也知道。"埃莉诺说,"他总想着把别人都变成桑拿迷。我确实不认为他是在引诱她。"

"但有没有可能是她在引诱他?"

"我确实也这么想了。但是不管怎么说,他俩去换衣服了,我发现艾德里安给采访录了音。"埃莉诺描述了她听到的艾德里安对范妮说的那些话。

萨姆坐直了身。"耶稣啊!他失心疯了吗?"

"他说这是不列入记录的。"

"噢,不列入记录。"萨姆稍微放松了点儿,"但你不相信她?"

"不。我不知道。关键是,他没有权利告诉她任何关于我的事情,何况还是那么隐私的事情。"

"当然是这样,但是——"

"这么多年来,我一直忍受着在他的小说里不断读到我的私生活。这种感觉并不愉快,就……就好像看到你的旧衣服、旧东西,你以为已经扔掉了,结果又被陈列在一个二手店的橱窗里。但至少我能对自己说,没有人知道那就是我,因为他改动了一些细节,重新混合在一起。但这次是另一回事……"

"我能理解你为什么很抓狂,埃莉。"萨姆说,"你完全有这一权利。但是说真的,你没必要为此担心今天报纸上的报道。"

"你又不知道文章里会写什么。"

"就算她真的把这件事写进去了,也激不起什么风波。不就是你和两个男朋友都上床了吗,先和一个,再和另一个,三十年前的老皇历了,又能怎么样?谁会在乎?"

埃莉诺沉默着。"他再没告诉她其他的了吧,是不是?"萨姆担心地问道,"关于那个——"

"没有。"埃莉诺说。

"感谢上苍,"萨姆说,"那你就没什么好担心的了。"

"我还没讲完呢。她在等出租车的时候,艾德里安出门去把车开回来——"

"车在哪儿?"

"这和该死的车在哪儿有什么关系?"

"抱歉。"萨姆说,"编剧的职业习惯,总想着问这些问题。"

"车刚开到村口就没油了,我是穿过田野走回来的。艾德里安拿了一罐汽油去找车子。满意了?"

"所以你回来,他俩吓了一跳,连浴袍都没换,因为他们没听到汽车开近的声音。你瞧,一切都对上了。"

"这不是你的某个剧本,萨姆,这是我的生活。"

"听起来也是我的生活,"他说,"所以你就——"

"嘘!"埃莉诺举手示意。

"怎么了?"

埃莉诺走到窗户边往外看。"没什么。我以为我听到了巴恩斯先生的货车。"

"巴恩斯先生是谁?"

"我们的送报人。"她回到桌子边重新坐下。

"所以你就一个人和范妮·塔兰特待在一起了?"

"对。我当时非常生气、沮丧。她说艾德里安告诉她,自己放弃写小说的原因是他觉得已经没什么新东西可说了。她看起来对获得这样的答案感到非常满意,她对艾德里安是那么崇拜,令我恶心,所以我就冲口而出,说出了艾德里安停止写作的真正原因。"

"是什么?"萨姆说。

"他不过是不能忍受被不断提醒写的所有东西都不如他的第一本书罢了。"

"你是指那些评论?艾德里安总是说他从来不读评论。"

"彻头彻尾的谎言。不过我也参与其中了。其实不仅仅是评论,任何冷落——真实的或者仅仅是想象中的——都会让他陷入绝望。《走出深处》没有获得布克奖提名的时候,他真的濒临自杀。"

"我完全不知道……"萨姆说,"你把这些都和范妮·塔兰特说了?"

"是的。"

"不列入记录?"

"没有。"

萨姆做了个怪相。"哦,天哪。"

"我当时很生气,脑子里一团混乱。等她关掉录音机的时候,我才意识到她在给我说的话录音。艾德里安回来的时候她已经走了,我向他坦白了我干了些什么。"

"他怎么说?"

"他什么也没说,"埃莉诺说,"打那以后他就没和我说过话。"

"不再说范妮·塔兰特的事?"

"不再说任何事。从那天开始,不管发生什么事情、什么情况,他一个字都不跟我说,除非有其他人在场。那个时候他就会假装闲聊、微笑、哈哈大笑,还会把我也拉进谈话中,就好像一切正常。但只要其他人一走——不管是邻居也好,牧师也好,我们的清洁阿姨也好,他马上就变成一块石头,一言不发,我说什么都装没听见,只给我写便条。"

埃莉诺伸手掏她的晨衣口袋,抓出了一大把折得皱皱的纸片,扔在萨姆面前的桌子上。他捡起一张,打开读道:"我明天早上十一点半到午后一点要用车。"萨姆看着埃莉诺。"你为什么要忍受这种无稽之谈?你为什么不一走了之,让他自作自受?"

"我想,大概是我心怀歉疚吧。我泄露了他的秘密。"

"你又不是故意的。"

"我其实是有意的,"埃莉诺懊悔地说,"我后来改主意了,可惜太晚了。"

"嗯，那也是他自己的错。他刺激了你……他现在在哪儿？"

"还在睡觉吧，我希望。他现在在客房睡，而且是在我睡下之后很久才去睡，起得也晚，所以我们就不在同一时间吃早餐。实际上，我们一日三餐都不在一起吃。"

萨姆想了一会儿，然后说道："埃莉，跟我回家吧，就现在。你给他留个便条。这会让他恢复理智。"

"不用了，谢谢，萨姆。"埃莉诺说。

"你让他像对待犯人一样对待你。这太荒唐了。"

"我知道，但是……"

"去换衣服，收拾东西，现在就和我走吧。趁他还在睡觉，就这么干。"他跳了起来，好像要鼓励她。"你又没有什么牵绊。当然，除非你愿意被牵绊。"

埃莉诺微笑了。"谢谢，萨姆，但我不能走。"

"为什么不？"

"如果我现在走了，我就再也不会回来了。事情就全完了。"

"嗯，也许只是你的这场婚姻完了。"

"噢，我不想离婚，萨姆！"埃莉诺叫道，"我认识的每一个人都离婚了。我见识过离婚之后会怎么样,你也知道是什么样。我不想有那种经历,这辈子都不想。如果真要离婚的话,我应该十年前就离的。"

"但是,如果婚姻中感情已经破裂——"

"不,自从我们搬到这儿以后,事情好转了很多,"埃莉诺说,"艾德里安情绪好的时候,是个很可爱的人。"

"噢,这我知道。"

"而且自从他放弃写小说后,基本上一直都能有好心情,"她补充说,"或者说他假装有——对我来说都一样。"她故作轻松,但声音里透出的沙哑暴露了一切。

"你当初到底为什么和他结婚,埃莉?"萨姆说。

埃莉诺犹豫了一会儿,就像一个人站在悬崖边,然后她跳了下去。"他是孩子的父亲。"她说。

"什么?"

"我流产的那次。"

萨姆瞪着她。"你当时说你不知道我俩谁是孩子的父亲。"

"其实我知道。我和你在一起的时候做了防护措施的。"

"但是你和艾德里安在一起的时候没有做?"萨姆问。

埃莉诺点了点头,萨姆猛摆了一下胳膊。"耶稣啊!你当时为什么不说?"

"我当时觉得不说是最好的。"埃莉诺说,"我想这样你俩就都会支持我,如果谁都不知道孩子的父亲到底是谁的话。你知道,就像机枪开火打的是空包弹,那么我们三个人就还是一个小团体,"她一边回想,一边又添了一句,"或者正好相反。"

"我……我……"萨姆有一阵子一句话也说不出来。

"那时我是一个非常糊涂、非常恐慌的年轻女人,只想赶快摆脱怀孕状态。结果后来,我因为这件事陷入了抑郁。有一天——当时你拿了那个奖学金去了美国——我告诉了艾德里安他就是孩子的父亲。他一开始很震惊,像你现在一样。但过了没多久,他就向我求婚了。"

"所以你们终于可以生孩子了?"

"是的。有的时候我也会想,如果第一次怀的是个女孩会怎么样。我会很高兴有个女儿的。"

"她也许会长成范妮·塔兰特那样。"萨姆说。

"别开玩笑,萨姆。"

"那我该怎么反应?"萨姆诘问道,"要么我生气?如果你喜欢的话。"

"不，别生气。"

"耶稣啊，埃莉！你骗了我。"

"我知道。这是不对的，我很抱歉。"

"你让我一直蒙在鼓里。"

"我是在自欺欺人，萨姆，我假装什么也没发生过。"

"我这辈子犯下的错已经够多了，"他激动地说，"我本来可以不犯这个错的。"

"我很抱歉，萨姆。"埃莉诺又说了一遍。她朝他走过去，摸摸他的胳膊。"说你原谅我。"

"好吧。我原谅你。"他说。

埃莉诺亲了他的脸颊，在躺椅上坐下来。

"那艾德里安对你的这种冷暴力，你还打算忍受多久？"

"不会很久了。不管范妮·塔兰特的文章写得多可怕，都不会比等待它降临更可怕了。我有一种感觉，一旦我们知道了最坏的情况是什么，封印就会被解除。艾德里安会重新和我说话，然后我们会想办法解决问题。"

"要是你们解决不了呢？"

"那时候我可能就会乐意去住你家的客房了。"她说着，露出一个苍白的笑容。

萨姆在沙发上坐下。"你们的报纸一般什么时候送来?"

"说不准,完全取决于巴恩斯先生是自己开货车送还是派他儿子骑车送。我一开始以为你的车是那辆货车。"

"要不干脆我现在开车去村里买一份《前哨报》?"

"商店还没开门。"

"也许某家店会开的。"

"星期天早上,这个点儿,方圆几英里内都不会有。"

他们坐了一会儿,谁也没有说话。"挺逗的,"埃莉诺说,"这让我想起了我们还住在伦敦时的那些星期天,我们总会在书上市的第二天等报纸。这总是给我一种奇特的恶心感,因为你被吊在那儿,猜想着评论到底好不好,但理性上你知道答案早就已经确定了——报纸已经印出来了,不可能再挽回什么,甚至好多人都已经读到了。我一直很讨厌那种感觉。我那时候还能同情艾德里安。"

"你希望我待到报纸送到之后再走吗?"萨姆说,"还是说你宁愿一个人等?"

"别走。"埃莉诺说。

"那我能喝点咖啡吗?"

埃莉诺微笑了。她站起身说："当然可以。"

"而且我要洗一把脸，按美国佬的说法。"

"用后面的厕所吧，从这儿过。"

埃莉诺把萨姆领进了厨房。一两分钟之后，艾德里安穿着T恤和运动裤下楼了，沿着门厅朝前门的方向走去。突然间，他踮起脚尖走进了起居室。他环顾四周，好像在找什么东西。埃莉诺从厨房走进来，端着一个托盘，上面放着杯盘和刀叉。看到艾德里安，她一下子顿住了。

"如果你是在找报纸的话，它们还没送来。"她说。

艾德里安装作没听见。他走到壁炉旁边的杂志架那儿，抽出了一本旧的星期日增刊。他在一把扶手椅里坐下，假装开始读书。

埃莉诺把托盘放在桌子上。"我在做咖啡和吐司，"她说，"你要来点吗？"艾德里安继续不理她。"萨姆在这儿。"她说。艾德里安一下子反应过来，瞪着她。"他在厕所里。"她说。艾德里安又回头看他的杂志。"我什么都告诉他了，"埃莉诺说，"所以你不妨也放弃这个愚蠢的游戏。"

艾德里安还是没理她。埃莉诺把托盘里的最后一件东西放在桌子上，又进了厨房。艾德里安停止了假装阅读的行为。过了一会儿,萨姆从厨房进来了。

"艾德里安,你起来了!"他稍稍有点强颜欢笑地说。

艾德里安冷冷地盯着他:"你在这儿干什么?"

"我今天早上刚从洛杉矶飞回来。碰碰运气顺路拜访一下,拿我的陶瓶。"萨姆走到移动茶几旁,他要的花瓶就放在上面。他拿起花瓶。

"我以为你会去一个月。"

"计划有变。"萨姆边说边在手中转动着陶器。"釉面真好看。"他评论道。

"你是说工作室炒你鱿鱼了?"

"不,我炒了他们的鱿鱼,"萨姆说,"从某种意义上说。"他又把花瓶放回茶几上。

"从什么意义上说?"

"我结账走人了。我想清楚了,我自己并不乐意变成一个好莱坞婊子。当时我正坐在比弗利山庄我的私人泳池旁边的一把太阳伞下,第无数次修改剧本,是关于弗洛伦斯·南丁格尔和一个年轻护士之间同性恋爱的戏——"

"弗洛伦斯·南丁格尔是同性恋?"艾德里安插话问道。

"在这部电影里,她是。"萨姆说,"不管怎么说,我正努力敲着我的键盘,突然间我问自己:我浪费时间在这堆垃圾上到底是在干什么?我是说,当然,我能赚很多钱,但谁知道什么时候才开拍呢?就算开拍了,他们是不是会用我写的台词?再说了,十年之后,谁还记得住这些?"

"某种通往大马士革之路①的体验。"艾德里安说。

"非常正确,"萨姆说,"我感到自己重生了。"

"同时也变秃了,我注意到。"艾德里安说。

萨姆故意不理这句俏皮话。"我意识到我正在变成一架编剧机器,这很危险。"

艾德里安似乎被这一比喻中的某种东西震动了。"你是说,通过像流水线生产汽车一样生产剧本,你没有给自己留下时间,去审视你的产品质量到底如何?"

"嗯,没错。"

"呃,好吧。"艾德里安说。他看起来终于被打动了。

---

① 大马士革是基督教历史上最重要的城市之一,在《圣经》中共出现五十五次。使徒保罗正是在去往大马士革的路上遇到了复活的耶稣,肩负起了向外邦人传播福音的使命,自此基督教从一个属于犹太民族的信仰变成了具有世界影响力的宗教。19世纪末,著名瑞典剧作家斯特林堡以此为题材,创作了名为《通往大马士革之路》的剧本。

"那你接下来打算怎么做?"

"先休一两年假,"萨姆说,"拒绝所有新剧本的邀约,进行一点严肃的阅读和思考。也许写一本小说。"

"小说?"

"嗯,我一直想尝试写小说。"

"写小说比你想得要难,"艾德里安说,"这样一来,你就不会给BBC改编《隐匿之地》的剧本了?"

"呃,不会了,至少现在不会。"萨姆说,他看起来有点儿惭愧,"真抱歉。我猜我们给范妮·塔兰特设的局没能奏效。"

"对。"

"《编年报》的彼得·里弗斯和你联系了吗?"

"联系了。"

"他不感兴趣吗?"

"噢,他有兴趣,"艾德里安说,"但我挖出的范妮·塔兰特最劲爆的料,也不过是她读的是一所传统的寄宿学校,而不是综合性学校,她和一个叫克莱顿的男人同居,以及她肩膀上有一个蝴蝶图案的文身,蝴蝶的翅膀上有一个过气摇滚歌星的姓名首字母缩写。你得承认,想搞一次毁灭性打击,这点料根本不够。"

"但你倒是给了她不少料,我听说。"萨姆说。

"埃莉诺给的。"

"噢,得了吧,艾德里安,讲点良心话。明明是你把大学时我们三个人的关系告诉了范妮·塔兰特的。"

"那个是不列入记录的。"

"不管怎么说,干吗要告诉她呢?"

"为了止损。她当时马上就要发现……"

"而且干吗要蒸桑拿?"

艾德里安沉默了一会儿。"我不知道。"他说。

"你不知道?"萨姆重复道。

"那是一个灵光乍现的想法。我猜我当时想的是,如果我抛给她一个她完全没有料想到的难题,也许她会露出点真面目。"他说。

"你把那套反转采访的想法当真了,是不是?"萨姆说。

"你听起来很惊讶。"

"嗯,坦白说吧,我确实很惊讶你真的这么做了。你为什么不早点告诉我?"艾德里安没有回答。"我没有收到任何消息,我还以为你有别的想法了。我很遗憾你并没有。"

"你很遗憾?"

"好吧,是我挑起这些事情的。我有责任。"

"那么,也许你也愿意来解决一下这个问题——"艾德里安说,"安排买下今天的每一份《前哨报》,然后把它们都烧了。去全国各地,挨家挨户敲门,把那些已经送出去的报纸以人们无法抗拒的价格收购回来,命令那些已经读了范妮·塔兰特文章的人吃下失忆药。"他看了看手表,"如果我是你的话,现在就该行动。你的时间不多了。"

"好吧,我没办法挽回已经造成的损失,"萨姆说,"但也许我能帮你走出阴影。"

"我表示深切的怀疑。"

"你可以调整自己的心态。恐惧是你最大的敌人。"

"你在加州的时候去看心理医生了吗?"艾德里安说。

"范妮·塔兰特能说的关于你的最坏的话是什么呢?无非就是说你因为受不了批评,放弃了写作。"

"你觉得这话能让我感觉好受些吗?"

"她最坏也就是说这些话了。你能直面现实,然后接受吗?"

"不能。鉴于你这么问了——"艾德里安苦涩地说,

"不行,我接受不了。一想到如今五十万人都知道了这一点,我就受不了。我控制不了我的弱点,我为此而羞愧,但我本来已经成功地把这一秘密保守了二十年。"

埃莉诺端着一个盛满东西的托盘从厨房走了进来,把托盘放在餐桌上。

"啊,咖啡和吐司!"艾德里安叫道,用的是一种完全不同的音调,"我估计你已经在爱尔兰海上空的什么地方吃过一顿香槟早餐了,但也许你也愿意和我们一起享用一点简陋的食物,我们要一起在桌边坐下吗,埃莉?"

"艾德里安,你要是再虚情假意、继续你那套东道主范儿一分钟,向上帝发誓,我就拿这只咖啡壶扔你。"埃莉诺说。

"我亲爱的,我不懂你在说什么。"

"萨姆,从房间里出去。"埃莉诺说。

"什么?"

"我怎么说,你就怎么做!"她不耐烦地说,"去门厅那儿等着。"

"等什么?"

"快去!"

萨姆乖乖地走出房间，去了门厅，而且还带上了门。

"你要么开始像一个正常人那样和我说话，要么我现在就走，立刻，马上，"埃莉诺说，"萨姆已经邀请了我去和他一起住。"

艾德里安一言不发，也不看她。过了一会儿，埃莉诺向门口走去。艾德里安开口时，她的手已经几乎摸到了门把手。艾德里安的声音很低："好吧。"

埃莉诺停下，转过身来。"你说什么了吗？"

"我说，'好吧'。"

"什么好吧？"

"好吧，我像一个正常人那样和你说话。我已经这么做了。"

埃莉诺从门口回来。"你知道吗，我其实希望你没有妥协，"她说，"这样的话，我就可以坦然地走出这间屋子了。"

"我很抱歉，埃莉。"艾德里安说。

"这两周以来你就是一头蠢猪。"

"我知道。"

"并不是我想搬到这片乡下来住的，艾德里安。我本来不想放弃我在维多利亚与阿尔伯特博物馆的工作，也不想和我的朋友们失去联系。我不想放弃去剧院、画廊、商店等所有我喜欢的地方。我是为了你才放弃这些的。为了给你安宁，为了让你精神正常。而我得到了什么报偿吗？你把这些全部一笔勾销了，就为了满足你的虚荣，而我回应的时候，你……你……"埃莉诺跌坐进离她最近的一把椅子里，开始抽泣。通往门厅的门打开了，出现了萨姆关切的脸。艾德里安走过去安慰埃莉诺，但被萨姆抢先了一步。他推开艾德里安。"埃莉，你怎么了？"他说着，胳膊搂住她的肩膀。

"你觉得你在做什么？"艾德里安说。

"她为什么哭得这么伤心？"

"这不关你的事。"艾德里安说。他试图把萨姆从埃莉诺身边拉开，他们以一种不雅的姿势扭打了一会儿，然后分开了，互相怒视着。

"你知道吗，有时候我很难相信我们曾经是朋友。"萨姆说。

"真奇怪，我也有同样的感觉。"艾德里安说。

"你已经变成了一个自负、自私、傲慢的王八蛋。"

"而你变成了一个虚荣、自大、无耻的浑蛋。范妮·塔兰特已经给你下了结论。"

"嗯,我倒是很期待她会怎么说你。"萨姆说。

两个男人吵成一团的时候,埃莉诺开始定下神来。她从晨衣口袋里抽出一张纸巾,擤了擤鼻涕。

"你说'无耻'是什么意思?"萨姆质问道。

"你曾经是一个前途无量的编剧。你把你的灵魂卖给了电视台,就为了赚取名声。"

"我宁愿成为恶俗的成功人士,也不要当一个高冷的失败者。你现在害怕我会写出一本既流行又成功的小说了,是不是?"

"你写小说这个想法,想想就滑稽——"

"够了,你们俩都给我住嘴!"埃莉诺说。她举起手,示意安静。他们顺从了,于是听到有车开近小屋的声音。"我去开门,"埃莉诺说,"等着报纸被塞进信箱的话,永远也等不到。"她走进门厅。两个男人坐下等她回来。

萨姆打破了沉默。"她裸体看上去怎么样?"他说。

"看在老天的分儿上!"

"不,我很想知道。"

"我没怎么注意。"

"噢,得了吧,艾德里安!你是想告诉我,你成功地劝说范妮·塔兰特把衣服都脱了,结果你既没有注意到她乳房的大小,也没有观察她屁股的形状?她刮不刮体毛?"

艾德里安没有回答。他瞪着出现在通往门厅的前门处的范妮·塔兰特,她站在门槛上,正好听到她的名字被提起。

"我打赌她刮。"萨姆浑然不觉,继续议论道。他在躺椅上往后靠,闭上了眼睛。"我打赌,每个星期五晚上范妮·塔兰特都要虔诚地刮出她的比基尼线,只在耻骨区留下窄窄的一小丛毛,就像一簇垂直的小胡子一样,我猜得对吗?"

"错!是V形的。"范妮说着,大踏步走进了房间,身后跟着埃莉诺。

萨姆跳了起来,目瞪口呆地看着范妮。"你他妈的在这儿干什么?"他说。

"我刚巧路过,"范妮说,"但我倒是没料到会在这儿遇见你,夏普先生。"范妮看上去脸色发白,神情有点儿狂乱,心不在焉。她很随意地穿着一件后摆很长的衬衫,裤子也很休闲。

埃莉诺看上去既愤怒又困惑。"是你邀请她来这儿的吗?"她对艾德里安说。

"当然不是。"他说。

"也许是她蒸桑拿的时候落下了什么东西。"萨姆说。

"你想干什么?"艾德里安对范妮说。

"我猜你已经读过了,我写你的文章?"

"没有。我们的报纸还没有送来。"

"噢。"范妮看上去心烦意乱,"呃,我要是你的话,就不费这个神去读它了。写得不太友好。关键是,没有人会去关注它的一丝一毫。"她充满渴望地看着桌子,"那是不是咖啡?"

"这都是在干吗?"埃莉诺说,"这儿不欢迎你。"

"这是一个比较温和的说法。"萨姆说。

"我超级想喝一杯咖啡。"范妮说。

"那你就喝吧,"埃莉诺说,"但别指望我给你倒。"

范妮热切地走到桌子边,自己给自己倒了一杯咖啡。

"你都写了艾德里安些什么?"埃莉诺说。

"你猜不到吗?我的青春期偶像,结果被发现有重大缺陷——这个男人,仅仅因为一篇差评,就把自己家人的生活变得极其痛苦。一个作家因为忍受不了酷热,不得不离开厨房,却假装自己对烹饪丧失了兴趣。"

听到这些,艾德里安僵住了。范妮喝下咖啡,如释重负地叹了口气。"天啊,我真是需要这个。"

"就这些了?"埃莉诺问。

范妮看上去很惊讶。"这些还不够吗?"

"一点儿也没写……我们学生时代的事情?"

"那个是不列入记录的。我有没有可能吃点吐司?"

埃莉诺困惑地耸了耸肩。"你自便吧。"

"我们还能给你提供点什么吗?"萨姆挖苦地问道,"要不要再来点儿鸡蛋?你是喜欢单面煎还是双面煎?"

"不用了,这就挺好了。"范妮说完,把吐司塞进嘴里,"我想我的血糖水平一定很低,我在车里的时候就感到头晕了。"

"听着,要我说,我已经厌烦这个游戏了。"萨姆说,"你有话就说,有屁就放,然后就滚吧,或者直接滚也可以。"

范妮挨个儿看着他们三个人,又看了看电视机,后者安静地待在角落里。

"你们还没听说,是不是?"她说。

"听说什么?"埃莉诺说。

"这太奇怪了。这就好像我隔着一堵玻璃墙在看你们。你们生活在一个不同的时区。你们还不知道。"

"我们还不知道什么?"艾德里安说。

大约一个半小时之前,范妮还坐在一辆红色宝马 318i 型轿车的副驾驶座上,开车的是她的伴侣,克莱顿·戴尔。他们正要去盖特威克机场,去赶一个前往土耳其度假的包机航班。轿车在伦敦环城高速的中间车道上以正正好七十公里的时速平稳地疾驰着。律师出身的克莱顿严格遵守着限速标准。他的驾驶记录非常清白,并且想继续保持下去。如果是特别着急赶路的情况,就换成范妮开车,这样万一超速被罚,也是记在她的名下。不过,星期天早上的这个点儿,M25 高速路上的车并不多,所以他们的时间很充裕。

他们的阁楼公寓位于克勒肯维尔①。这天,两人一早就

---

①伦敦市中心最时尚的区域之一。

起床了——他们定了两只闹钟,还订了一个英国电信的叫早电话。他们匆匆换好衣服,拎起前一天晚上就已经收拾好的行李,跌跌撞撞闯入了东伦敦的清晨,一边还打着哈欠,因为没睡够而晕晕乎乎。但是这会儿,展望即将来临的假期,两人已是精神振奋。他们是很俊俏的一对儿——范妮一头金发,身材苗条,克莱顿身材瘦削,长着鹰鼻,一头柔软的棕发理成平头——看起来他们自己也很清楚这一点。轿车的立体声系统里轻柔地播放着一张 CD,是一个名叫"谜"的比利时乐队的作品,混合了他俩都很喜欢的格里高利圣咏和电子舞蹈音乐的风格,节奏充满风情,口味又有着适度的反叛。

"你带你的照相机了吗?"范妮说。

"带了,但是没胶卷了,"克莱顿说,"待会儿我去机场买一点儿。"

"我到时要买一份今天的报纸。"范妮说。

"我还以为接下来两周你都会把报纸置之脑后。"克莱顿说。

"这就像是戒烟前的最后一根烟。"范妮说。

"报纸上有你的什么文章?"

"《日记》专栏,以及我对艾德里安·勒德洛的采访。"

"哪个艾德里安?"

"嗯……"范妮叹气,"恐怕今天很多人打开报纸的第一反应都是这样:哪个艾德里安?"

"那你干吗要采访他?"

"他写过一本对我曾经影响很大的书:《隐匿之地》。"

"我不知道这本书……你已经有段时间没有采访真正的明星了,是不是?他们是不是对你越来越防范了?"

"是他们周边的人。"范妮说,"现在的采访要先获得公关的许可,他们一听到我的名字就拒绝了。我唯一的机会是想办法直接和采访对象对上话。根据我的经验,很少有人会拒绝一个直接谈论他们自己的邀请。请注意——"她补充了一句,"我不用为了采访到素材而先脱衣服。"

"噢,这个勒德洛就是那个桑拿男吗?"

"对。"

"他听起来像个肮脏的老男人,我觉得。"克莱顿说。

"不,他其实心地很好,"范妮说,"而且人畜无害。"

"但你还是利用了他,我希望。"克莱顿说。

"我真心相信你有一点点嫉妒。"范妮说。

"不如说是怀疑。"克莱顿说,"桑拿的感觉怎么样?"

"就是一个小木屋,非常小,角落里有一只炉子,两层板凳,大概能容纳三个人,挤一挤四个人也可以。没有像样的窗户,只有一丝微微的金色光线从天花板钻进来,所以你觉得自己就像是坐在烤箱里。"

"你俩都没穿衣服?"

"一开始我包着浴巾,但后来脱掉了,太不舒服了。"

"他什么都没干?"

"没有。就有那么一会儿,当他……"范妮的声音因为陷入回忆而变得飘忽。

克莱顿的目光从道路上移开,锐利地瞥了她一眼。"当他什么?"

"当他碰我的时候。不是在桑拿房里——是后来,我们穿着浴袍在休息。我感觉非常放松,非常安逸。我给他看我的文身,他用手指摸了摸。突然间气氛变得非常紧张。我不知道如果他的妻子没在那个时候走进来的话,接下去会发生什么。"

"他的妻子走进来了?你之前一点儿都没和我提起!"

"克莱顿,你知道我们最近几乎每次交谈都不超过两个字,我们俩都太忙了。我们好久没做爱了。"

"我正打算在接下来两周里进行弥补,"他说,"我打算让你腰酸背痛。"范妮满足地微笑了。

"所以她说什么了,他的妻子?"

"一开始没说什么。但他出去几分钟之后,她给了我一通关于嫁给他这事的相当苦涩的评论。看起来她是在发泄情绪。"

"所以你确实利用了他?"

"是的,"范妮说,"我想我是这么做了。"

"好姑娘。"克莱顿说。CD播完了。"放点儿别的吧。"他说。

"我们听广播吧,"范妮说,"马上是新闻时间。"

"又是新闻。"他说。

范妮按下了立体声系统上的按钮,调到事先已经设定好的BBC四台。一个节目主持人正在热线电话上跟某个人谈论一起车祸。过了一两分钟,他们听到了一些单词,"巴黎","狗仔队",还有"戴安娜王妃"。

"戴安娜?"范妮叫道,"我的天哪,她又干吗了?"

主持人挂断热线,结束了谈话,接着说道:"如果你是刚刚听到本台,官方已经确认消息,戴安娜王妃今天凌晨四点在巴黎的医院去世,死因是车祸——"

范妮喘不上气,使劲抓住了克莱顿的胳膊,以至于汽车稍稍有些转向。

"戴安娜死了?我不相信。"

"嘘!"他说,"放开我的胳膊。"

他们专心地听着新闻概要。"我不相信!"范妮说,"戴安娜死了!多迪也死了。"

"还有司机,"克莱顿说,"一定撞得相当严重。"他稍微松了松踩在油门上的脚,轿车的时速掉到了六十七英里。

"我不相信!"范妮说。

"别不停地说这句话。"克莱顿说。

"可这也太难以置信了。"

"还行吧,"克莱顿说,"如果你回想一下过去几周内她的行为举止,那么疯狂,那么鲁莽,注定要以悲剧收场。"

"但这是一种怎样的死法啊!"范妮说。

"是啊,她终于先发制人了。"克莱顿说。

范妮吃吃地笑了,然后看起来有点儿为自己感到羞愧。"克莱顿!这有点儿变态。"她说。

"但是却是实情,"他说,"再也没人敢说她坏话了。"

范妮沉默了,想了好一会儿。"噢,见鬼。"她说。

"怎么了?"克莱顿说。

"我的《日记》专栏中写到了戴安娜。"

克莱顿终于不再看路,转头瞥了一眼范妮。"什么?"

"写得可不怎么正面。"

"那是自然,如果是你写的话,是不是?"他说。

"噢,见鬼,"范妮重复道,"要是读者读到文章之前就得知她已经他妈的死了,该会怎么想?"

"我想你应该不是今天早上唯一一个对她持批评立场的记者。"克莱顿说。

"这也不会让我感觉更好受。"范妮说。

"只是想帮帮你。"克莱顿说。"他妈的!"他突然叫道,懊恼地用拳头猛击方向盘。

"怎么了?"范妮说。

"我错过了岔到 M23 的出口。"说完,他关掉了广播。

"别关!"范妮说。

"很分心,"他说,"这就是我为什么错过了出口。"

"没关系,"范妮说,"你还可以在下一个出口转弯。"

"我知道我可以,"克莱顿努力控制住他的烦躁,"我就是不喜欢出错。幸好我们还有很多时间。"他把汽车重新加速到七十英里每小时。

开了几英里之后,他们到达了一个出口。从这里,克莱顿可以开到对面的车道上去,然后重新返回那个和M23交叉的路口。当他们回到正路之后,克莱顿明显放松下来。"我们只损失了二十分钟。"他说。

范妮一直没说话,大约有十分钟之久。她陷入了思考。此时她又扭开了车上的广播。克莱顿看上去不太高兴,但也没干涉。主持人正在和肯辛顿宫外面的一个记者连线,那儿已经开始有人聚集,一些人带来了鲜花。记者问他们为什么要来,一个女人说:"她去我儿子住的医院看望过他。他得了白血病,她握住他的手,和他说话。她真是位可爱的女士。"

范妮突然哭了起来。克莱顿惊奇地看着她。"怎么了?"他说道,然后又一次关掉了广播。

"我不知道。"她说。

"好吧,这很悲哀,很遗憾,但你并不认识那个女人。你甚至也不喜欢戴安娜。"

"我知道。"范妮擤着鼻子说道,"这很傻,但是我忍不住。"

"你是来例假了吗?"

"噢,看在老天的分儿上,克莱顿!"范妮抗议道,"我就不能有一点点正常人类的情感吗?有点情绪波动就是因为荷尔蒙吗?"

"等我们到了土耳其,你马上就会感觉好起来的。"他试图振奋她的士气,"实际上,我们开始升空的时候就会好了。假期是从餐车发的第一杯免费饮料开始的,我总这么说。"

范妮一言不发,闷闷不乐了好一会儿。然后她开口了,声音低沉:"我不去了。"

"什么?"

"我不去土耳其了。"

"你在说什么?"

"你还没看出这件事情的重要性,克莱顿。全世界最有名的女人死了。这是自从——可以说是自从肯尼迪死后最大的新闻,影响将会……极其深远。皇室家庭会怎么反应?整个国家会怎么反应?这将是最重大的一次葬礼。我不能在这个时候离开英格兰。"

"你是说——取消度假计划?"

"是的。"

"可我们钱都付了!"

"太糟了。"

"可我们等待这次假期已经等了好几个星期,好几个月!我们都已经累到要死了。我们需要这个假期,范妮!"

"我们还可以再多等几个星期。"

"我没法这样安排我的工作!"

"那好吧,你自己去。"范妮说。

"我自己去?"

"对,我不会介意的。"

"你不会介意,"克莱顿说,"那我呢?你以为我喜欢在土耳其的度假酒店里一个人待上两个星期?"

"你搞不好会遇到什么不错的人。"范妮说。

"噢,真的吗?提醒你一下,人们一般都是和伴侣或者家人一起去度假。他们可不想和一个孤独的单身男人发展什么友谊。"

"那也不一定,没准你会遇到一个同样孤独的单身女人。"范妮一说出口,似乎马上就后悔了。

"那你也不介意吗?"

范妮避开了他的目光,尽管他在谈话过程中不断转头怒视她。"如果你们进行的是安全的性行为,并且事后也不让我得知任何信息的话——我不介意。"她挑衅地说。

"我简直不敢相信,"克莱顿说,"你疯了,范妮。你在毁坏我们的关系。"

"我很抱歉,克莱顿。只是在这么重大的历史时刻,我没办法袖手旁观,跑去土耳其,在某个泳池旁边懒洋洋地晒太阳,读一读两天前的旧报纸上的报道。我当然希望你能支持我,但如果你必须去的话,那就去吧,我不怪你。"

"好吧,那我要去。"他说。

"好吧,你去吧。"她说。

他们在丧气的沉默中赶完了剩下的路。克莱顿直接开向了出发口,把车停在了玻璃门前。他没有熄火就下了车,打开后备厢,把他的行李往下搬。范妮站在他旁边。

"我很抱歉,克莱顿。"范妮郁闷地说,"祝你玩得开心。"

他一句话也没说就走了。玻璃门向两边滑开,又在他身后合拢。

范妮上了车，调整了一下驾驶座的位置。她发动了汽车，打开广播。"皇室家庭得到消息时是在巴尔莫勒尔堡，他们正在那儿依照传统避暑度假。"新闻播音员说，"据说，查尔斯王子已经将母亲的死讯告知了两位年轻的王子。"范妮把车开出了停车道，从一辆豪华轿车的前面超车过去，轿车司机不得不急刹车，因此不满地鸣笛。范妮在冲突一触即发时加速开走了。她心烦意乱，泪流满面，一门心思听着广播，于是错过了从机场通往 M23 的出口，最后发现自己开上了一条安静的乡村小路。她慢慢地开着，搜寻着路边的标志，试图寻找自己的方向。

"我们不知道什么？"艾德里安说。

"戴安娜死了。"范妮说。

"哪个戴安娜？"

"威尔士王妃戴安娜。"

"什么？"埃莉诺说。

"怎么死的？"艾德里安说。

范妮告诉了他们巴黎的那场飙车，狗仔队在后面如何追他们，车进了隧道，水泥柱，致命的撞车。

"这是什么时候发生的事？"萨姆说道。

"今天凌晨。"

"你确定吗？消息已经确认了吗？"艾德里安说。

"噢，是的，"范妮说，"我们是从汽车广播里听到的，一个小时或者更早之前。"

"我们？"

"克莱顿和我，我们在去盖特威克机场的路上。"

艾德里安朝窗外看去。"那克莱顿和你在一起咯？"

"没有，他一个人飞去土耳其了。"

"你因为戴安娜的死，取消了自己的度假？"艾德里安说。

"是的，"范妮说，"我和克莱顿的关系搞不好也完了。但我没法想象自己在这样的时刻离开这个国家。"

"但你为什么来这儿了呢？"艾德里安说。

"今天的《前哨报》上有我的两篇文章，"范妮说，"一篇是对你的采访，还有一篇是《日记》专栏，大部分是关于戴安娜的内容。"她停顿了一会儿，抿起嘴唇。

"天啊。"萨姆悄悄地说。

"我听到新闻之后,第一反应是惊呆了,无法相信,"范妮说,"然后我记起了我那篇《日记》专栏。我想象人们起床后,迎接他们的是戴安娜的死讯,接着他们打开报纸,读到我对她得意扬扬的讽刺。我记得我写下的每一个字——'她鱼和熊掌都想占,既要当雷区里的圣母玛利亚,把失去胳膊的小孩子搂在膝上,又要当西方世界的花花女郎,穿着豹纹泳装坐在多迪的快艇上四处闲逛……'"

"真不错,"萨姆说,"我认得这种风格。"

"我不是唯一一个说这种话的记者,"范妮说,"然而今天早上,任何人都不想让自己的名字和这样的文字挂钩。要是能让这篇文章消失,我愿意付出任何代价。但现在已经太晚了,白纸黑字都已经印好了,正在被送往千家万户的途中,来不及召回了……广播里说有人去了肯辛顿宫的大门外,也已经有人在栏杆边给她献花。记者和某个女人聊天,她说她的儿子曾在医院里受过戴安娜的抚慰,我哭出来了……克莱顿认为我完全失去了理智……关于我不去土耳其这事儿,我们大吵了一架……他在机场就那么走了,留我一个人在车里。我的状态其实不是很适合开车——我错过了通往高速路的出口,接着我发现自己开在一条乡村小路上。我决定就在这条路上继续开下去,这样比较安全。我一直在听广播,基本上就是同样的新闻不断在重复。我忍不住一遍遍回想我那篇《日记》专栏。《两头占的王妃》——这是副标题。我对自己说,为什么她就不能他妈的两头占呢?如果我们做得到的话,难道不是每个人都想两头占吗?我在想,这话说得多么恶毒啊。然后——"范妮对艾德里安说,"我想起同一份报纸上还有我写你的那篇稿子……我开始在脑子里回顾它的内容,看起来也同样的恶毒……然后我看到了一个路标,指向你的村子……再然后我就开过来了。"

"所以你想求得什么呢?"埃莉诺说,"我们的原谅?"

"能原谅的话也挺好。"范妮说。似乎她并不期待真的能实现,她看着艾德里安。

艾德里安耸了耸肩。"不管怎么样……"

"不,别这么放过她!"萨姆说,"我就绝对不会原谅。"

"噢,我倒是没想到你,夏普先生,"范妮说,"我不确定我对写你的那篇文章有任何愧疚之意。"

"有也没关系,因为我要跟你说的是:把你的愧疚统统塞回你的屁眼吧!"萨姆说,"我这辈子还从来没听到过这么多自怨自艾的废话。"

范妮故意不理他。"瞧,你不用因为我那篇采访感到特别不开心,"她对艾德里安说,"因为没人会读它。"

"你是什么意思?"

"没人会读今天的报纸了——除非是关于戴安娜的内容。大家只会看电视、听广播,然后等明天的报纸送来,迫不及待,望眼欲穿。现在大家只对一个故事感兴趣,而这个故事不是我写你的那篇。这就是我来这儿的真正原因——告诉你这件事。现在我要走了。谢谢你们的早餐。"

范妮走出了房间。他们听到了前门在她身后关上的声音,然后汽车发动了。艾德里安走到窗边,往外看去。

埃莉诺打破了沉默。"简直不敢相信。"她说。

"不相信范妮·塔兰特在去盖特威克的路上皈依了?"萨姆说。

"不相信戴安娜死了。"埃莉诺说。

"噢。"萨姆说。

他们听到轮胎从碎石上轧过的声音,汽车开走了。艾德里安从窗边走了回来。"简直诗意得难以置信,是不是?就像古希腊的悲剧。想不到生活竟然和艺术如此相像。"

"诗意?"埃莉诺说,"在一场车祸中灰飞烟灭?"

"但是被狗仔队穷追不舍……媒体的愤怒,和新恋人一起丧生,爱和死,可怕的对称。"

"你一定要把所有东西都变成文学吗?"埃莉诺说,"老天在上,她是个活生生的女人,风华正茂,还是两个男孩的母亲。"

"我不知道原来你这么关注她。"艾德里安说。

"呃,我不关注……不如说我以为我不关注。"埃莉诺沉思着说,"但是,当她告诉我们——"埃莉诺指向范妮离开的方向,"当她说戴安娜死了的时候,我感到'砰'地一下,仿佛她是某个我认识的人。真奇怪。"

"她是个明星,"萨姆说,"就这么简单。"

"没什么事那么简单,萨姆。"埃莉诺打开电视,在他旁边的躺椅上坐下。电视机有点年头了,过了好一会儿才启动。

"我把整个事件看成一出戏,但这并不意味着我不被它影响,"艾德里安说,"事实上,我受到的影响比我能料想到的还要大,可能没有范妮·塔兰特受的影响那么大,但是——"

"范妮·塔兰特！你们不会真的吃了她悔过自新的那一套吧，啊？"萨姆说，"要不了多久，她就会走上以诋毁别人为业的老路子，就和她的同类一样。"

电视新闻的声音出来了，艾德里安也在躺椅上坐下，准备和他们两个人一起看电视。"我不知道，"他说，"死亡会带来改变。即便是某个你完全不认识的人的死亡，如果它足够……"

"诗意？"萨姆说。

"对，确实，"艾德里安说，"激起了怜悯和恐惧，从而为这样的情绪提供了一个出口[①]。"

"亚里士多德这老家伙说得多好啊！"萨姆说，"没有他我们可怎么办呢？"

"我们对受害者充满怜悯，对自己充满恐惧，这会产生巨大的效应。"艾德里安说。

"别说话了，看在上帝的分儿上，"埃莉诺坐在两个男人中间，"我听不见电视了。"主持人正在和某个救助机构的代表讨论王妃为地雷受害者所做的工作。

---

①引自亚里士多德《诗学》中的《论悲剧》。

"这么说，你觉得我们接下来会经历一次全国范围的心灵净化？"萨姆向后靠了靠，从埃莉诺的背后对艾德里安说。

"有可能。"艾德里安说。电视上正在播放一段关于戴安娜的资料影像，她穿着猎装，独自沿着一条小路行走，穿过布满矿坑的灌木林地，一步接一步，步伐坚定，头高高扬起。

"好吧，我们等着瞧……"萨姆说，"我想我要走了，埃莉。我的陶瓶呢？"他站起身往四下看去。

"噢，萨姆，别走。"埃莉诺说，"留下吧。"

"嗯，我不知道……"

"艾德里安。"埃莉诺说。

"怎么了？"艾德里安说。

"跟萨姆说留下。"

"留下吧。"艾德里安说话的时候，眼睛一刻也没有离开电视机。

"我有时差，"萨姆对埃莉诺说，"会睡着的。"

"客房里有床。"她说。

"我想那是艾德里安……"萨姆看上去已经后悔说出了

这句话的开头,"……睡的。"他嗫嚅出了后半句。

艾德里安转过头看着萨姆。"坐下,萨姆。"他说,"我想要你留下。"

"那好吧。"萨姆坐下了。埃莉诺捏住他的一只手。他们一起看电视。关于雷区的那段影像放完了,主持人从他的转椅上转过身,开始对着镜头说话。

"他是在哭吗?"萨姆难以置信地说,"我想他是在哭呢!"

"是的。"埃莉诺说。

"这可不一般。"萨姆说,"这可真不一般。"

"你看到了吧?"艾德里安说。

现在,主持人在问肯辛顿宫附近的一个记者,那些献花的人有没有对在场的新闻摄影师表现出任何敌意。毕竟,据报道,狗仔队是导致这次致命车祸的一个重要因素。的确有一些敌意,记者回答。一个女人冲着一个摄影师大叫:"你们对她做得还不够吗?"

门厅那儿有动静,是投信口被推开和报纸落在地上的声音。

"报纸到了。"埃莉诺说。

"要我去拿吗?"萨姆说。

"不用了,随它去吧。"艾德里安说,眼睛一刻也没有离开电视机。

他们继续看电视。

译 后 记

1997年8月31日凌晨12点25分，巴黎塞纳河上阿尔玛桥的桥头隧道里，一辆严重超速的黑色奔驰车撞在了隧道的第十三根柱子上。车里坐着的是戴安娜王妃和她的男友多迪，后者当场死亡，戴安娜王妃被送往医院紧急抢救无效后也被宣告去世。

这大概是20世纪最有名的一场车祸。和这场"世纪车祸"同样有名的，是十六年前的那场"世纪婚礼"。那场婚礼有两千五百人参加，全世界有七亿五千万人通过电视收看了转播；然而车祸后的葬礼，场面更为盛大，有两千人现场参加，全世界收看了电视转播的人数是二十五亿。

人们公认的是，戴安娜王妃重塑了"名人文化"。她和查尔斯王子1977年第一次见面。1980年9月8日，英国一家小报发出了头条标题,"查尔斯王子又恋爱了!"从那时起,戴安娜就陷入了狗仔队的追逐,一直到去世。车祸发生时她其实已经和查尔斯王子离婚一年,但狗仔队仍旧死死咬住她不放,在车祸发生当天,她已经两次成功躲开狗仔队的追逐,但最后这次,她失败了,香消玉殒。

为什么会在这里啰嗦这么多戴安娜王妃的旧事?因为,这是小说《难言之隐》的故事最高潮时,亚历山大大帝挥剑斩断戈尔狄俄斯之结的那一剑。小说主人公艾德里安·勒德洛是一个过气的小说家,年少成名,却迅速江郎才尽,他本来已经处于半退休状态,但昔日好友萨姆·夏普的一次拜访重燃了他的好胜心,他想通过接受一次采访来重振雄风,然而却搬起石头砸了自己的脚,被采访记者挖走了自己保守了二十年的秘密。

小说其实是剧本改编而来。稍作阅读,就能很清楚地看到剧本的痕迹:90%以上都是对话,极少心理描写,都是靠对白和人物行动推动情节。故事的主要场景都发生在一个固定的空间内,那就是艾德里安家里的起居室。每一章其实就是剧本的每一幕,章和章之间的划分,正好留出时间给舞台换景。

作者戴维·洛奇是英国知名小说家和文学评论家，迄今为止只写过两部剧本，都是在他生活和任教的伯明翰当地的剧院里演出，这是第二部。《难言之隐》上演于1998年2月，离戴安娜王妃去世差不多正好半年。英国戏剧一直保持着即时回应、讨论、讽刺现实的传统，这个戏也不例外。如果我们还原到二十多年前的剧场观众的心境中去，也许能够更好地理解这个故事的用意。

艾德里安和采访他的年轻女记者范妮·塔兰特之间的对峙，是这个故事最好看的部分。双方都怀抱着各自的目的和算计——这次采访于艾德里安而言是复仇，是证明自我；对于范妮而言不过是又一次常规工作，她要完成一篇足够"有料"的稿子，而这个料，有待于她从采访对象那里挖掘。

范妮的生活状态，任何一个做过媒体、当过记者的人应该都不会陌生。没有上班下班的区分，没有日常和周末的区分，生活里都是新闻、新闻、新闻，一旦有重大突发事件，哪怕是半夜三更也要跟上——所以范妮在奔赴机场的路上收到戴安娜去世的消息后，会果断选择放弃好不容易的度假机会原路返回，甚至宁愿冒着会失去男朋友的风险。她那么年轻，年轻时，工作就是一切，而这个工作本身也对从业者有这样的伦理要求。

从某种程度上来说，其实记者这个行业内部也分等级。地位最高的是调查记者，写特稿的那些，常常一个采访做上好几个月乃至好几年，采访对象涉及几十人乃至上百人，采访是反复、多次、循序渐进的，寻找真相就像挖矿一样，是个漫长而艰辛的过程，记者也因为这样的辛劳付出而收获荣耀，成为"无冕之王"。

范妮的领域是采访名人、明星。她写的稿子更偏评论，而不是真正的"非虚构写作"。她和她的采访对象之间往往只有机会进行"一次性接触"。留给她的采访时间很少，通常只有一两个小时。名人往往都拥有比常人更加巨大而坚固的自我，他们熟悉采访的套路，被公关和经纪人训练过，知道哪些该说，哪些不该说。范妮必须聪明、睿智、有足够的洞察力，才能在极为有限的条件下得到足够多的信息，形成自己的判断，而且是一个吸引公众来阅读和了解的判断——这份工作真是难做！

我们看到，采访就像表演，作为一种形式，有其固有、约定俗成的行动规则，比如说记者提问，被访者回答，被访者要求"不列入记录"的谈话内容记者不得披露,等等。

艾德里安和范妮讨论了"名人采访"这件事的本质到底是什么。是博弈,是交易,也是一种审问。不得不说,范妮作为从业者,对此拥有比艾德里安更敏锐的洞见:

"我发挥了一种有价值的文化功能……如今天花乱坠的宣传到处都是,人们混淆了成功和真正的成就。我提醒人们,二者之间存在区别。"

她认为,自己的观察和评论也是在"揭示真相",通过这样的方式,她为自己的工作赋予了合法性和意义。

艾德里安努力向范妮一次又一次地抛出挑战,但是只有一种挑战真正地刺痛了范妮,那就是她如何考虑她和她的采访对象之间的关系?

"可怜的老萨姆,星期天早上起来,穿着睡衣,趿拉着拖鞋走下门廊,捡起扔在脚垫上的《前哨报》,拿进厨房,一边喝着这一天的第一杯茶一边读报。他翻着评论版的那几页,找到你的采访,看到弗雷迪拍的自己坐在苹果电脑前的大幅彩照被印满全版，他微笑起来，然后开始阅读文字，读到你对他的第一处嘲讽时，微笑突然消失，接着他心脏狂跳，五脏六腑都绞痛起来，大量肾上腺素迅速进入血液，这时他才意识到整篇稿子全都是嘲讽，他完全被忽悠了。我是说，这些你都想象过吗？这会让你觉得来劲吗？这就是你为什么从事这份工作的原因？"

哪怕一切都是"如实报道"，采访结果的呈现，仍旧可能和受访者当初的想象相差甚远。记者到底应该对公众负责，还是对自己的采访对象负责？如果采访对象因为稿件觉得受到伤害，这是记者本人的责任吗？尤其当对方是名人的时候？公众的知情权与名人的隐私权和名誉权之间发生冲突时，媒体作为第三方，该秉承何种原则处理？

显然，作者写这个故事的初心，是讨论媒体中越来越盛行的"诋毁文化"。然而，环视我们当下的媒体环境，这样的追问简直显得过于古典。过去二十年以来，狗仔队和他们追逐的对象之间逐渐形成了合谋。很大程度上，我们可以说，媒体更像是变成了名人、明星的公关公司的延伸。

说回戴安娜王妃之死。当初，王妃刚刚出车祸时，英国的小报记者们拒不承认对戴妃之死负有责任。直到十年以后，一些名刊编辑、摄影师才陆续公开承认，"感到对悲剧负有巨大的责任"。

2008年4月，伦敦的皇家法庭在调查了六个月、听取了二百五十多名证人的证词以后，陪审团宣布狗仔队的追逐是导致戴妃死于非命的原因之一；另一个原因是当时开车的司机酒驾。

"当初，全世界最著名的媒体编辑们都对戴妃的照片趋之若鹜，但是，当戴妃殒命的消息传来，他们突然变得不知所措：'不，不，我们不会再购买这些照片了，请把此前我们的所有电子邮箱和对话信息删除。我们再也不需要这些了，我正在家睡觉。谢谢，再见。'"一个法国的摄影师说。

但是其他人的"难言之隐"，出于自愿或者非自愿地，还将继续在我们的世界中流传。

石鸣

2020年5月

HOME TRUTHS
Copyright © DAVID LODGE, 1999
Simplified Chinese translation rights arranged through BIG APPLE AGENCY, INC.
Simplified Chinese edition copyright © 2020 New Star Press Co., Ltd.
All rights reserved.
著作权合同登记号：01-2018-3899

图书在版编目（CIP）数据

难言之隐／（英）戴维·洛奇著；石鸣译．——北京：新星出版社，2020.6
（戴维·洛奇作品）
ISBN 978-7-5133-4037-3

Ⅰ.①难… Ⅱ.①戴… ②石… Ⅲ.①中篇小说-英国-现代 Ⅳ.①I561.45
中国版本图书馆 CIP 数据核字（2020）第 074750 号

难言之隐

[英]戴维·洛奇 著；石鸣 译

策划编辑：程　卓
责任编辑：孙立英
特约编辑：程　卓
责任校对：刘　义
责任印制：李珊珊
装帧设计：冷暖儿

出版发行：新星出版社
出 版 人：马汝军
社　　址：北京市西城区车公庄大街丙3号楼　100044
网　　址：www.newstarpress.com
电　　话：010-88310888
传　　真：010-65270449
法律顾问：北京市岳成律师事务所

读者服务：010-88310811　　service@newstarpress.com
邮购地址：北京市西城区车公庄大街丙3号楼　100044

印　　刷：北京天恒嘉业印刷有限公司
开　　本：889mm×1194mm　1/32
印　　张：5.25
字　　数：80千字
版　　次：2019年6月第一版　2019年6月第一次印刷
书　　号：ISBN 978-7-5133-4037-3
定　　价：48.00元

版权专有，侵权必究；如有质量问题，请与印刷厂联系调换。